Faker
Chiyozaki

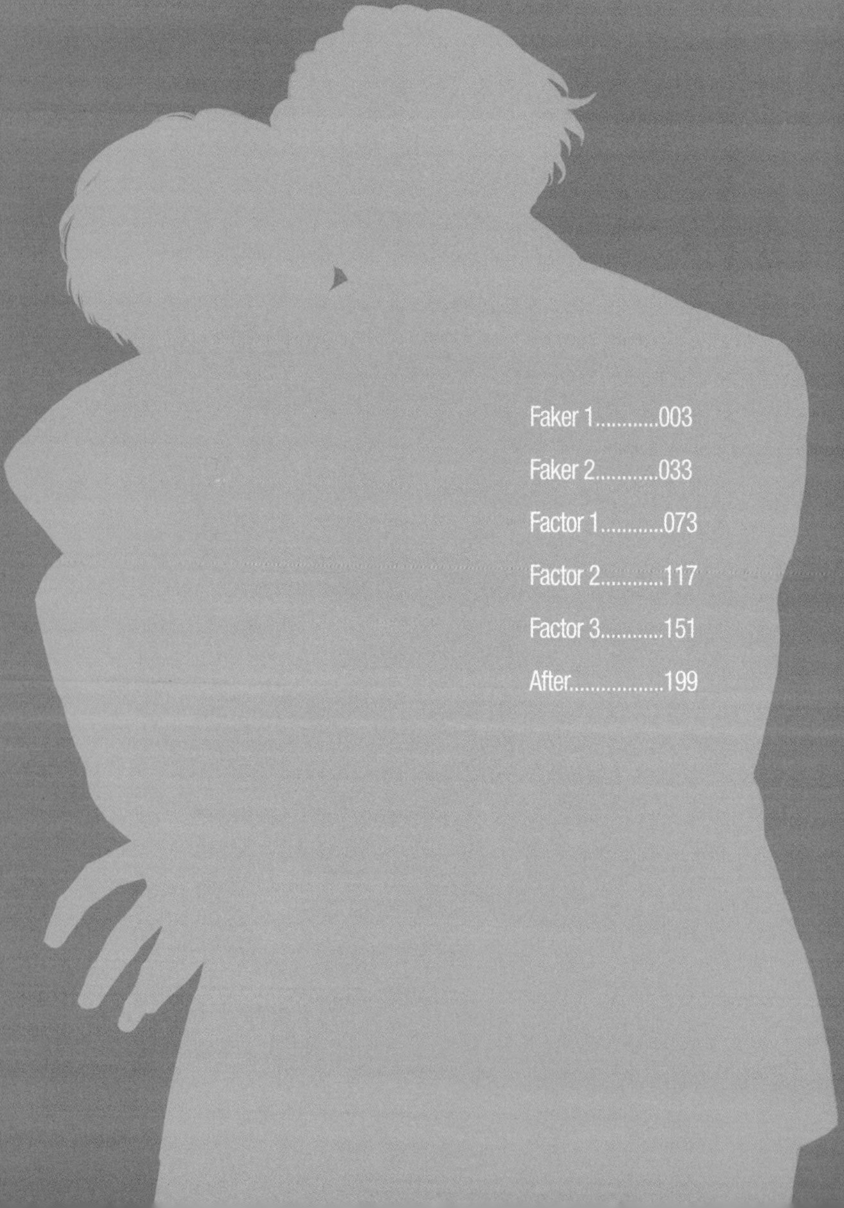

faker
1

MERCI DE PARTICIPER À CETTE RÉUNION D'ACCUEIL DANS NOTRE SOCIÉTÉ ALORS QUE VOUS AVEZ BEAUCOUP DE TRAVAIL.
JE VOUS SOUHAITE LA BIENVENUE.
Respon-sable adjoint de la section publicité N°2.
BRILLE
Hiroki Segawa, 28 ans.
BRILLE
OOH...
Un bel homme dont certains membres de l'entreprise souhaitent attirer l'attention.
Cette affabilité est un masque qui fonctionne sur les nouveaux...

ビリッ
SCRAAATCH
Mais seulement au début.
REFAITES-MOI ÇA.
CETTE PRÉSENTATION N'EST QU'UN INFÂME CHIFFON.
IL Y A TROP DE DÉTAILS INUTILES QUI MASQUENT LES INFORMATIONS VRAIMENT IMPORTANTES.
À QUOI PENSIEZ-VOUS QUAND VOUS L'AVEZ RÉDIGÉE ?
EN OUTRE, ELLE EST CONDES-CENDANTE À L'EXCÈS.
AAAH
HOP
CRSSHH
CRSSHH

AU FAIT, JE VOUS AI DEMANDÉ DE ME SORTIR LE PLANNING DE LA RÉUNION AVEC L'ENTREPRISE A. CE N'EST PAS ENCORE FAIT ?
ET OÙ EN EST LE RAPPORT SUR L'ENTRETIEN COLLECTIF DE LA SEMAINE DERNIÈRE ?
M. SAITÔ DE LA SECTION MARKETING ME L'A RÉCLAMÉ.
JE FAIS DE MON MIEUX...
HUM
OUI, JE SAIS QUE VOUS FAITES DE VOTRE MIEUX.
MAIS VOUS CROYEZ QUE JE VAIS VOUS COMPLIMENTER RIEN QUE POUR ÇA ?
VOUS PENSEZ VRAIMENT QUE JE DOIS VOUS FÉLICITER ALORS QUE VOUS NE M'APPORTEZ AUCUN RÉSULTAT ?
VOUS VOUS CROYEZ ENCORE À L'ÉCOLE OU QUOI ?
JE VOUDRAIS SAVOIR UNE CHOSE. POURQUOI ÊTES-VOUS ALLÉ À LA FÊTE D'HIER ?
PARDON ?
UNE FÊTE, DONC.
TAC
MAIS CE N'ÉTAIT PAS UNE FÊTE. C'ÉTAIT UNE RÉUNION D'ÉCHANGE AVEC LES AUTRES SECTIONS.
JE VOUS AI DIT DE NE PAS Y ALLER.

VOUS SAVEZ POURQUOI VOUS N'ARRIVEZ PAS À TRAVAILLER COR-RECTEMENT ?
!!!
VOTRE ÉGOCENTRISME ÉTOUFFE VOTRE CRÉATIVITÉ.
VOUS VOUS CONTENTEZ DE COMPRENDRE UNE SITUATION, VOUS ÊTES INCAPABLE D'ANTICIPER NI DE PROGRAMMER QUOI QUE CE SOIT.
POUR COURONNER LE TOUT, VOUS ÊTES ABSOLUMENT INCAPABLE DE FAIRE PREUVE...
D'INITIATIVE !

BLA
Je ne suis pas quelqu'un de gentil.
BLA
BLA
Les employés plus jeunes ne m'aiment pas du tout.
BLA
M. SE-GAWA !
C'est l'homme dont tout le monde parle...
Les petits nouveaux qui veulent m'approcher à cause de mon physique me fichent bien vite la paix.
TAP TAP TAP
タタタ
M. SEGAWA !
Ce type excepté.
ARRÊTEZ DE FAIRE COMME SI VOUS NE M'AVIEZ PAS ENTENDU !

Rui Mikami, 24 ans.
Voilà deux ans qu'il travaille dans la section 1.
QUELLE CHANCE D'AVOIR PU VOUS VOIR DE BON MATIN.
Il a l'air accessible et un peu exubérant
BON-JOUR.
mais il paraît que c'est l'un des meilleurs éléments de l'entreprise.
PFFF
Il repré-sente tout ce que je déteste.
Il est toujours de bonne humeur et est im-possible à cerner.
JE VOUS AI VU.
VOUS AVEZ INCENDIÉ MON COLLÈGUE.
IL FONCTIONNE MIEUX AVEC UNE CAROTTE QU'AVEC UN BÂTON. SOYEZ PLUS GENTIL AVEC LUI.

SI VOUS SAPEZ SA CONFIANCE EN LUI, IL SE DÉCOU-RAGERA.
PERSONNE NE PROGRESSE AVEC DES FÉLICITATIONS.
C'EST LA FRUSTRATION DE L'ÉCHEC QUI PERMET AUX GENS D'ÉVOLUER.
DE TOUTE FAÇON, LES FAIBLES QUI N'ONT AUCUNE INTENTION DE S'AMÉLIORER NE TIENDRONT JAMAIS LE COUP BIEN LONGTEMPS.
EH BIEN...
SEGAWA.
!!!

M. ABE !
JE VOUS AI VU FAIRE, TOUT À L'HEURE.
Chef du secteur publicité : M. Abe (38 ans).
VOUS NE MÂCHEZ VRAIMENT PAS VOS MOTS.
フイ… HAA...
JE FERAI PLUS ATTENTION, LA PROCHAINE FOIS.
.....
BONJOUR, M. ABE !
AH, M. MIKAMI. BONJOUR. (ABE)
VOUS ÊTES TOUJOURS AUSSI ÉLÉGANT EN COSTUME.
HI HI
AU FAIT, VOTRE ÉQUIPE A REMPORTÉ LE MARCHÉ CONTRE LA COMPAGNIE A, NON ?
!?
VOUS AVEZ FAIT DU BON TRAVAIL FACE À CETTE GROSSE SOCIÉTÉ.
OH, VOUS SAVEZ, JE N'AI PAS FAIT GRAND-CHOSE.

JE PENSE QUE C'EST GRÂCE À LA SÉVÉRITÉ DE L'ENSEIGNEMENT DE M. SEGAWA.
HA HA
JE VOIS.
BZZZ
OUPS, ON M'APPELLE.
SEGAWA, ALLEZ-Y DOUCEMENT.
.....
M. SEGA...
JE N'AI RIEN À VOIR DANS VOTRE RÉUSSITE.
ON N'EST PAS DANS LA MÊME ÉQUIPE ET JE NE VOUS AI JAMAIS SUPERVISÉ.
Mme SHIMURA, DE LA COMPAGNIE A, ÉTAIT LEUR PRINCIPAL ATOUT.
ON DIT QU'ELLE EST TRÈS BELLE.
JE ME DEMANDE SI VOUS NE L'AVEZ PAS SÉDUITE.
J'AI ENTENDU DIRE QUE VOUS ÉTIEZ UN VRAI PLAY-BOY.
AH NON. J'AI REMPORTÉ LE CONTRAT GRÂCE À MON TALENT.

Mme SHIMURA EST MARIÉE.
JE NE ME PERMETTRAIS PAS D'ESSAYER DE LA SÉDUIRE.
!
MOI, JE NE SUIS PAS UN BRISEUR DE MÉNAGES.
.....
DÉSOLÉ.
ET PUIS JE VOUS TROUVE BIEN PLUS BEAU QU'ELLE.
VOUS AVEZ RAISON.
VOUS ÊTES UN TRÈS BON ÉLÉMENT.

......
Il est tard.
BZZZ
BZZZ
Pardon.
Je comptais sortir, mais...
21:37
Mon fils a de la fièvre, je dois rentrer.
Pardon, j'ai une réunion de dernière minute.
Résumé
Je dois annuler.
IL ME SEMBLE QU'IL DEVAIT Y AVOIR UNE LONGUE RÉUNION, CE SOIR.

ENCORE ?
TU N'ÉTAIS PAS VENU ICI IL Y A DEUX MOIS À CAUSE D'UN RENDEZ-VOUS ANNULÉ ?
.....
C'ÉTAIT À CAUSE DE SON TRAVAIL, CE N'EST PAS SI GRAVE...
VOUS VOUS VOYEZ QUAND MÊME ?
OUI, ON SE VOIT DE TEMPS EN TEMPS.
MAIS JE CROIS QU'ON N'A PAS COUCHÉ ENSEMBLE DEPUIS 6 MOIS.
HEIN ?!
AUJOURD'HUI AUSSI, D'AILLEURS...
FROT FROT
BIEN SÛR QUE C'EST GRAVE.
BON, IL DOIT Y AVOIR DES RAISONS À CETTE ABSTINENCE.
MAIS JE SUIS SURPRIS QUE ÇA FONCTIONNE ENCORE ENTRE VOUS.

C'EST PARCE QU'ON S'AIME.
ON S'AIME...
C'EST POURQUOI ÇA FONCTIONNE ENCORE MÊME SI ON NE COUCHE PAS ENSEMBLE.
ON EST JUSTE DANS LE CREUX DE LA VAGUE.
.....
JE... VOIS...
Oui...
Il n'y a pas que du sexe entre nous.
Nos deux cœurs sont étroitement liés.
Ça va ?
HIPS

C'est pourquoi...
QUE VOUS ARRIVE-T-IL ?
!?
M. SEGAWA ?
VOUS LE CONNAIS-SEZ ?
Il porte un dé-bardeur ...
IL EST IVRE ?
UN PEU.
IL DEVAIT ÊTRE ASSEZ FATIGUÉ.
ON TRAVAILLE ENSEMBLE.
JE VAIS LE METTRE DANS UN TAXI. NE VOUS INQUIÉTEZ PAS POUR LUI.
Mikami ?
NE VOUS EN FAITES PAS POUR LUI, JE VAIS LE RACCOMPAGNER CHEZ LUI.

HEIN ?
VOUS SAVEZ OÙ IL HABITE ?
OUI, JE LE SAIS.
ON EST DE BONS COPAINS.
AH, D'AC-CORD.
J'y vois tout flou.
Pardon, Mme Shimura.
On discutera une autre fois.
CLAC
EMMENEZ-NOUS AU CARREFOUR X, S'IL VOUS PLAÎT.
VROUM

M. SEGAWA.
VOUS POUVEZ ME DONNER VOTRE ADRESSE ?
FROU
FROT
スリ…
SI VOUS NE LE POUVEZ PAS,
JE VOUS EMMÈNERAI OÙ BON ME SEMBLE.
DITES… M. SEGAWA.
HIPS
JE SUIS AVEC MIKAMI ?
SES MAINS SONT SI CHAUDES…
HIPS
Aah…
IL SENT TELLEMENT BON…

TAP
AAH !!!
TAP
AH.
TAP
AH.
TAP
J'EN ÉTAIS SÛR !
VOUS ÊTES VRAIMENT EXCITANT.
PL...
HMMM
SWISH
PLUS DOUCEMENT...
HEIN ?
HAA
HAA
SWISH

GRAB
HAA
HAA
VOUS PRÉFÉREZ QUAND C'EST PLUS LENT ?
VOUS ÊTES DÉJÀ FATIGUÉ ?
AAH
SWISH
AAH
SWISH
FRÉMIT
HAA
AA AH
SCOUISH
SCOUISH
AAH.
QUE C'EST BON.
HMM
HAA
AAH.
HMMM.
SCOUISH
HAA
FROU
FROU

SWISH
AH
C'EST PAS MAL...
AA AH !
AH !
SWISH
DE BOUGER PLUS VITE AUSSI, NON ?
HAA
SWISH
HAA
AH !
FSHH
FSHH
FSHH
SWISH
AH !
INCROYABLE.
AH.
HAA
JE VAIS ALLER JUSQU'AU FOND.
AH.
SWISH
JE NE VOUS FAIS PAS MAL ?
SEGAWA.
HAN.
AH.
SWISH

HAN
HAN
C'EST TELLEMENT BON...
......
FRRR
VOUS ÊTES ADORABLE.
HMMM.
HMMM.
HA AA
SLURP
HAN.
HA AA
CRIC
HMM.
AH.
CRIC
AH.
CRIC

CUI
チュン
CUI
チュン
CUI
チュン
CUI
チュン
......
......
JE DOIS FILER AVANT QU'IL NE SE RÉVEILLE.
FRRR
ギッ…
BON.

N'ESSAYEZ MÊME PAS DE FILER.
GRAB
キュッ
AH
DITES DONC !
SMACK
ÇA SUFFIT !
SMACK
J'ÉTAIS IVRE, HIER SOIR.
ET SI ON SE METTAIT ENSEMBLE ?

ÇA VEUT DIRE QUE VOUS VOUS ÊTES SERVI DE MOI ?
HEIN ?
FROU
OH, VOUS AVIEZ L'INTENTION D'AVOIR UNE NUIT SANS LENDEMAIN AVEC MOI, VOTRE SUBORDONNÉ ?
PAR-DON ?
MOI ? ME SERVIR DE LUI ?
VOUS NE VOULEZ PAS DE MOI ?
POURQUOI NE VOULEZ-VOUS PAS DE MOI ?
EST-CE QUE VOUS SERIEZ DÉJÀ PRIS ?
!!!

.....
MON CŒUR EST...
DÉJÀ PRIS.
JE N'AURAIS JAMAIS DÛ COUCHER AVEC VOUS.
VOUS VOULEZ DIRE QUE VOUS PRÉFÉREZ L'ATTENDRE PLUTÔT QUE DE VOUS METTRE EN COUPLE AVEC MOI ?
ALORS QUE VOUS NE VOUS VOYEZ PLUS ?
ALORS QU'IL EST MARIÉ ?
?!
MOI AUSSI, J'AI ÉTÉ TRÈS SURPRIS

DE DÉCOUVRIR QUE VOUS ÉTIEZ…
L'AMANT DE M. ABE.
QUEL CRAN VOUS AVEZ DE VOUS AFFICHER OUVERTEMENT DEHORS.
VLAN
VOUS COMPTEZ ME FAIRE CHANTER AVEC CETTE PHOTO ?
C'EST CE QUE VOUS CROYEZ ?

CE N'EST PAS DU TOUT LE CAS.
JE PENSE JUSTE QU'IL VAUDRAIT MIEUX POUR VOUS
DE METTRE FIN À CETTE RELATION SANS ISSUE.
CETTE HISTOIRE NE VOUS REGARDE PAS, NON ?
QUE VOUS ÊTES BLESSANT.
JE VOUS AI POURTANT AIMÉ AVEC PASSION, NON ?
ET PUIS, CETTE PHOTO A ÉTÉ PRISE IL Y A PLUS D'UN AN.
DESSUS, VOUS AVEZ L'AIR TELLEMENT TRISTE.
ET VOUS AFFICHEZ SOUVENT CETTE EXPRESSION.
VOUS MONTREZ BEAUCOUP DE CONFIANCE EN VOUS MAIS VOUS AVEZ UN CÔTÉ VULNÉRABLE.
VOUS N'AVEZ PAS L'AIR HEUREUX DU TOUT.

VOUS ÊTES TOUT LE TEMPS TRISTE.
ÇA NE VOUS AGACE PAS DE PASSER APRÈS SA FEMME ?
VOUS AVEZ DIT VOUS-MÊME QUE L'ÉCHEC AIDAIT À GRANDIR.
VOUS AVEZ MÊME AJOUTÉ QUE LES FAIBLES N'EN TIRAIENT AUCUNE LEÇON.
CELA SIGNIFIERAIT-IL DONC QUE VOUS FAITES PARTIE DES FAIBLES ?

JE FERAI ATTENTION À CACHER MA TRISTESSE.
FROU
FROU
VOUS NE SAVEZ RIEN DE NOTRE HISTOIRE.
ET VOUS, OCCUPEZ-VOUS DONC DE VOS AFFAIRES ET UTILISEZ VOTRE TEMPS DE MANIÈRE PLUS CONSTRUCTIVE.
VLAN
.....
GRAB
ESSAYEZ DONC DE ME FAIRE CHANTER, POUR VOIR !
BAM

HÉ BIEN...
JE LUI FAIS UNE DÉCLARATION D'AMOUR...
ET IL ME REJETTE SANS DÉTOUR. QUEL MANQUE DE CONSI-DÉRATION.
.....
ET MERDE.
QUEL IDIOT JE FAIS.
JE DOIS ME REPRENDRE, ET VITE.

faker
2

Tiens ?
C'est M. Segawa, non ?
Celui qui est diplômé de la fac C.
Où est cette fac ? Je n'en ai jamais entendu parler.
Ah, je vois.
C'est bien d'être un privilégié et d'avoir tous les dons.
On a dû l'engager pour son physique.
Voilà le genre de rumeurs qui couraient sur moi à mon arrivée dans l'entreprise.

Mais ces rumeurs étaient peut-être fondées.
Parce que je voulais travailler dans le marketing et on m'a affecté à la publicité.
Il va nous piquer toutes les belles femmes.
Vous savez, je suis peut-être beau mais mon sale caractère ne me rend pas très attirant.
Tiens, il paraît que vous êtes nouveau.
Vous êtes beau et en plus vous êtes compétent.
PAF
URG
Mettez toutes vos compétences au service de notre entreprise.
Je suis Abe, enchanté.
Je deviendrai peut-être votre supérieur.
Les gars, travaillez à vous améliorer au lieu de raconter n'importe quoi !

Il était très doué pour passer les barrières qu'érigeaient les autres.
Il m'a tout de suite mis à l'aise alors que je suis plutôt du genre asocial.
Je l'aimais.
Je le respectais.
Les nouveaux se voyaient assigner toutes les tâches subalternes. Mes journées étaient donc très chargées.
Mais ça me plaisait.
Parce que je voulais travailler dur, pour lui.
SMACK
?
Je ne m'y attendais vraiment pas.

Je n'ai pas pu lui résister.
Et notre aventure dure depuis 5 ans.
BRRR プル
LÀ, ÇA CRAINT.
BRRR プル
QU'IL SOIT MAUDIT !
IL L'A FAIT EXPRÈS ?

TENEZ.
PRENEZ CET ARGENT.
HEIN ?
QU'EST-CE QUE C'EST ?
JE VOUS REMBOURSE LE TAXI ET L'HÔTEL.
VOUS AVEZ UNE SACRÉE CHANCE D'AVOIR PU
PASSER UNE NUIT TORRIDE AVEC L'UN DE VOS SUPÉRIEURS HIÉRARCHIQUES GAY.
JE NE SAIS PAS SI VOUS VOULIEZ LANCER UNE RUMEUR.
MAIS SI JE VOIS UNE PHOTO CIRCULER OU QUE J'ENTENDS CITER MON NOM, VOUS ÊTES MORT.
GARDEZ VOTRE ARGENT.

ビクッ
HÉ !
JE N'EN VEUX PAS !
ARG !
POUIC
JE PRÉFÈRE PLUTÔT TOUCHER UN POT-DE-VIN POUR ME TAIRE À PROPOS DE VOTRE AVENTURE PLUTÔT QUE VOUS ME REMBOURSIEZ.
HEIN ?
HO HISSE
HÉ, HO !
TROP PRÈS !
LES GENS VONT SE FAIRE DES IDÉES !
VOUS N'ÊTES PAS EN COSTUME, AUJOURD'HUI. ♥
ÇA SUFFIT !
Ils s'entendent bien.
FRSHHH
AH, EST-CE QUE C'EST À CAUSE DE CES SUÇONS ?
DÉSOLÉ, JE ME SUIS LAISSÉ EMPORTER.
HOP
MAIS ÇA SUFFIT !

VOUS VOUS FICHEZ DE TOUT.
VOUS ÉTIEZ AVEC UNE FEMME QUAND ON VOUS A CROISÉ.
VOUS VOUS EN SOUVENEZ ?
MES SOUVENIRS SONT UN PEU FLOUS.
JE ME SOUVIENS QUE VOUS L'AVEZ APPELÉE Mme SHIMURA.
QUI A DIT QU'IL NE TOUCHAIT PAS AUX FEMMES MARIÉES ?
Est-ce qu'il va y avoir des problèmes dans l'entreprise ?
ON A JUSTE PRIS UN VERRE.
TIENS, TIENS.
EST-CE QUE VOUS NE SERIEZ PAS UN PEU JALOUX, PAR HASARD ?
PARDON ?

AU FAIT, POURQUOI EST-CE QUE VOUS AIMEZ M. ABE ?
!!!
IL VOUS A FAIT BEAUCOUP DE MAL.
VOUS PARLEZ DES LAPINS QU'IL M'A POSÉS ?
CE N'EST PAS BIEN GRAVE, ÇA.
ET VOUS N'AVEZ PAS COUCHÉ ENSEMBLE DEPUIS UN MOMENT.
COMMENT SAVEZ-VOUS ÇA ?
C'EST VOUS-MÊME QUI ME L'AVEZ DIT.
DU COUP, VOUS AVEZ COUCHÉ AVEC MOI PAR DÉPIT.
ROMPEZ AVEC LUI ET METTEZ-VOUS AVEC MOI.
MIKAMI !

LE TAXI EST LÀ. VAS-Y.
J'ARRIVE.
J'AI UN RENDEZ-VOUS, JE DOIS Y ALLER.
IL SEMBLERAIT QUE LES CHEFS S'INQUIÈTENT DU FAIT QUE J'AIE JOUÉ UN PEU PERSONNEL SUR UNE AFFAIRE.
VOUS SAVEZ, M. SEGAWA.
JE…
SUIS TRÈS DOUÉ POUR FAIRE EN SORTE QUE LES GENS…
S'ATTACHENT À MOI POUR DE BON.

IL A UNE GRANDE CONFIANCE EN LUI.
Pour qui se prend-il ?
IL A BEAUCOUP DE SUCCÈS ?
Il n'a pas l'air du genre hypocrite.
JE ME SOUVIENS DE QUAND A ÉTÉ PRISE CETTE PHOTO.
M. Abe m'avait dit qu'il souhaitait rompre.
Et je l'ai serré fort dans mes bras, sans même réfléchir.
Je m'en souviens parce que je n'avais jamais fait une chose pareille au vu et au su de tout le monde.
ET M. ABE A FINALEMENT ACCEPTÉ DE CONTINUER NOTRE HISTOIRE.
Nous avons passé notre temps
à garder nos distances pour que personne ne se rende compte de notre aventure.
Nous ne nous touchions ni ne nous montrions de gestes d'affection.

BAH.
C'EST UNE RELATION EXTRA-CONJUGALE, DE TOUTE MANIÈRE.
YUKIMURA.
VOUS NE M'AVEZ TOUJOURS PAS ENVOYÉ LE RAPPORT SUR LA RÉUNION DE CE MATIN ?
QUOI ? JE L'AI DÉJÀ ENVOYÉ À M. SHINOHARA.
JE VOUS AVAIS DIT DE ME METTRE EN COPIE !
VOUS AVEZ VU LA PHOTO DE M. ABE ?
CELLE-LÀ ?
IL A UNE AVENTURE ?
DE QUOI PARLEZ-VOUS ?
MAIS IL EST AVEC UN AUTRE HOMME.
!!!

LES EMPLOYÉS DE LA SECTION N°1 ONT REÇU CE MAIL CE MATIN.
ype.com/invite/RkaitsogwISU ps://join.skyp
Partagez massivement
IL SEMBLERAIT QUE M. ABE SERRE UN COLLABO-RATEUR DANS SES BRAS.
M. ABE EST HOMOSEXUEL ?
SA FEMME EST TRÈS BELLE ET IL AIME LES FEMMES !
PAS POSSIBLE !
AU FAIT, TU NE TROUVES PAS...
Publicité Section N° 1.
QUE L'AUTRE HOMME RESSEMBLE À M. SEGAWA ?

M. MIKAMI ?
IL VIENT DE PARTIR ASSISTER À UNE SÉANCE PHOTO DANS UN STUDIO.
IL SERA EN DÉPLACEMENT TOUTE LA JOURNÉE ALORS VOUS ALLEZ AVOIR DU MAL À LE TROUVER.
J'aurais dû lui demander ses coordonnées.
MÊME SI JE N'EN VEUX PAS, EN FAIT.
Que vais-je devenir si mon aventure devient publique ?
M. Abe risque d'être viré.
Non, c'est plutôt moi qui risque de sauter.
Ils ont tendance à vouloir garder les bons éléments.
!!!

M. ABE !
AH, BONJOUR, SEGAWA.
Et c'est tout ?
DITES.
EST-CE QUE NOUS POURRIONS PARLER ?
J'AI UN DÎNER D'AFFAIRES, CE SOIR.
PAS DE PROBLÈME. ON PEUT PARLER APRÈS.
SERRE
JE VOUS ATTENDRAI.

Qu'est-ce que je vais lui dire ?
J'ai bien senti qu'il n'avait pas envie de me voir.
Que je le dérangeais.
Ce n'est pas ce que je souhaitais.
JE RES-SEMBLE À UN HARCELEUR.
RHA, J'AI FROID.
SNIF
J'AURAIS DÛ APPORTER UNE MINI BOUILLOTTE.
M. ABE EST RENTRÉ CHEZ LUI.
FROU.

IL EST IGNOBLE.
FROU.
VOUS L'AVEZ POURTANT ATTENDU DANS CE FROID GLACIAL.
HEIN ?
MIKAMI ?!
QUE FAITES-VOUS ICI ?
JE VIENS DE FINIR.
SERRE
QU'EST-CE QUE VOUS VOULEZ ?
C'EST VOUS QUI AVEZ ENVOYÉ CE MAIL, NON ?
VLAN

VOUS M'AVEZ DÉFIÉ DE VOUS FAIRE CHANTER, NON ?
SALE...
QU'EST-CE QUE VOUS VOULEZ ?
JE SUIS SÉRIEUX, JE VEUX QU'ON SE METTE ENSEMBLE.
C'EST MON CORPS QUE VOUS VOULEZ, C'EST ÇA ?
VOUS Y ALLEZ UN PEU FORT, LÀ.
JE VEUX JUSTE QUE VOUS SOYEZ HEUREUX, C'EST TOUT.
C'EST D'UN GERBANT.
HÉ, C'EST MÉCHANT, ÇA. (HA HA)
VOUS ÊTES VRAIMENT GERBANT.
EN QUOI MON BONHEUR VOUS REGARDE, HEIN ?
JE SERAI HEUREUX, MOI AUSSI.
FIXE
.....
JE VOIS QUE VOUS NE ME CROYEZ PAS.

WOUSH
JE VEUX...
SIMPLEMENT VOUS VOIR SOURIRE.
JE DÉTESTE PROFONDÉMENT M. ABE PARCE QU'IL A ROMPU LA PROMESSE
QU'IL VOUS AVAIT FAITE.
ET VOUS AUSSI, ÇA VOUS AGACE.
LE JOUR OÙ VOUS AVEZ REMONTÉ LES BRETELLES DE YUKIMURA, VOUS ÉTIEZ VRAIMENT FURIEUX.
Il était à ramasser à la petite cuillère à la cantine.
GNN
GNN
M. ABE EST VRAIMENT DÉBORDÉ DE TRAVAIL.
GRAB
JE NE ME FÂCHERAIS PAS POUR UN LAPIN.
JE NE PARLE PAS DU FAIT QU'IL NE VIENNE PAS AUX RENDEZ-VOUS.

JE DIS QU'IL N'A PAS LE DROIT DE VOUS CAUSER DU CHAGRIN.
JE NE COMPRENDS PAS POURQUOI VOUS CONTINUEZ À VOUS ACCROCHER À LUI.
VOUS ÊTES MASO OU QUOI ?
VOUS MONTEZ, MONSIEUR ?
IL NE MONTE PAS.
HÉ HO !
VROUM
AH.
VOUS AVEZ UNE PART DE RESPONSABILITÉ.
VOUS NE VOULIEZ PAS TOUJOURS COUCHER AVEC LUI.
!!!

VOUS NE VOUS SOUVENEZ PAS ?
QUAND J'AI EU DU MAL À VOUS PÉNÉTRER PARCE QUE VOUS ÉTIEZ TROP SERRÉ.
«C'est parce que ça fait trop longtemps.»
«Je n'aime pas trop le sexe anal.»
«Alors je refusais de le faire.»
EN FAIT, VOUS N'AIMEZ PAS M. ABE, NON ?
ET EN QUOI ÇA VOUS REGARDE, HEIN ?
ÇA ARRIVE DE NE PAS AVOIR ENVIE DE FAIRE L'AMOUR. QUEL RAPPORT AVEC LE FAIT QUE JE L'AIME OU PAS ?
MAIS MOI, JE PARLE DE VOUS, PAS DE M. TOUT-LE-MONDE.
C'EST TEMPORAIRE !
LA MAGIE DES DÉBUTS S'EST PEUT-ÊTRE UN PEU DISSIPÉE, ON N'ARRIVE PLUS À SE VOIR.
MAIS JE SUIS SÛR QUE TOUT FINIRA PAR REDEVENIR COMME AVANT.
UN JOUR VIENDRA OÙ ON RETRAVAILLERA ENSEMBLE,
OÙ ON MANGERA ENSEMBLE,
OÙ ON RIRA ET OÙ ON SERA DE NOUVEAU ENSEMBLE.

EN FAIT, VOUS AVEZ ENVIE DE TOUT PLAQUER, NON ?
EN FAIT, VOUS VOUS DÉTESTEZ
AVOIR UNE RELATION ADULTÈRE.
C'EST POURQUOI VOUS N'ARRIVEZ PAS À CROIRE QUE JE PUISSE VOUS AIMER.
LA SEULE CHOSE QUE VOUS RECONNAISSEZ, C'EST LE RAPPORT SUPÉRIEUR-SUBORDONNÉ.
ET C'EST LA SEULE CHOSE
QUE VOUS SOUHAITEZ RETROUVER.

Avant, on parlait sans gêne.
Nous ne faisions pas attention au regard des autres.
Et peu importait la distance physique entre nous.
Je l'admirais, c'est tout.
Abe, votre femme est une vraie beauté.
Vous l'avez épousée parce qu'elle était enceinte, c'est ça ?
Voilà
Hein ?
C'est du harcèlement sexuel.

Je voudrais la rencontrer.
Je pouvais rire sans arrière-pensée.
Hein ?
En fin de compte...
Je suis son amant.
SERRE
SERRE

Chéri !
Mami !
Tu as oublié quelque chose.
Tu aurais pu prévenir que tu venais.
Que tu es grognon.
Oh pardon, je ne vous avais pas vu.
Qui est-ce ?
M. Segawa, un de mes subordonnés.

La personne qu'il aime, c'est sa femme.
Qu'est-ce que j'espérais ?
Quel idiot je fais.
Je dois travailler.
Je me suis mis à travailler dur.
Ma frustration a augmenté.
Et je l'ai reportée sur mes collègues de plus en plus souvent.
Je suis devenu de moins en moins disponible et je me disputais avec M. Abe.
Il a commencé à s'éloigner de moi.
Et quand il a voulu rompre, je me suis demandé
ce que je représentais pour lui.
Je n'étais pas vraiment son subordonné. Et quand il a choisi de me repousser alors que c'était lui qui avait commencé notre histoire,
j'allais perdre tous mes repères.
Je ne veux pas rompre.

Je voulais être près de toi.
Je t'aime.
Je voulais que tu aies besoin de moi.
Et si c'était impossible,
je voulais au moins me tenir à tes côtés.
Je voulais t'apporter mon aide.
Je voulais que tu aies besoin de moi.
C'est tout.

Je voulais juste que tu me félicites.
TOUT VA BIEN.
MÊME SI VOTRE HISTOIRE D'AMOUR TOURNE COURT,
CE N'EST PAS POUR AUTANT LA FIN DU MONDE.

MAIS J'AIMERAIS BIEN QUE VOUS L'OUBLIIEZ VITE.
AH, PARDON, ON M'APPELLE.
C'est M. Shino-hara.
BZZZ
BZZZ
JE DEVRAIS ÊTRE EN TRAIN DE TRAVAILLER, LÀ.
JE DEVAIS RETOURNER À L'ENTRE-PRISE.
VOUS AVEZ BEAUCOUP DE TRAVAIL.
AH ET AUSSI.
M. ABE RACONTE À TOUT LE MONDE QUE C'EST VOUS, SUR LA PHOTO.
!?
IL RACONTE QU'IL VOUS AVAIT RÉCONFORTÉ ALORS QUE VOUS ÉTIEZ FRUSTRÉ D'AVOIR PERDU FACE À LA CONCURRENCE
ET QU'IL N'Y A RIEN DE DOUTEUX DANS CETTE HISTOIRE.
JE VOUS LE DIS, VOUS DEVRIEZ VRAIMENT RENONCER À CE VIEUX LÂCHE.
ALLÔ ?
ET PUIS APRÈS TOUT, CETTE PHOTO N'A RIEN DE COMPRO-METTANT.
VOUS ÊTES JUSTE DANS LES BRAS L'UN DE L'AUTRE.

.....
Pourquoi l'avoir envoyée, alors ?
BAM
JE SUIS REVENU PLUS TÔT QUE PRÉVU À L'ENTREPRISE.
JE DOIS MONTER LE DOSSIER.
HA HA HA
!
M. Abe !
HA HA HA
HOP
?
JE N'AI PAS ENVIE DE LE VOIR.
Mme SHIMURA, VOTRE SAC EST TELLEMENT MIGNON ! ♥

C'EST UN NOUVEAU MODÈLE DE LA SÉRIE HZ, NON ?
IL VOUS VA À RAVIR !
HI HI
VOUS AVEZ L'ŒIL, DITES-MOI !
QUE FAIT Mme SHIMURA ICI ?
ELLE N'A AUCUNE RAISON DE SE TROUVER ICI, POURTANT.
Ils ont un rendez-vous amoureux ?
Et ce type me disait qu'il voulait qu'on se mette ensemble, qu'il ne voulait que mon bonheur.
C'était juste du flan ?
Vous êtes un homme à femmes, vous aussi...
CETTE FEMME EST...
UN INSTANT...
TIENS, LE VOILÀ.

ドカッ
BAM
MAMI ?!
ÇA SUFFIT, MAINTENANT !
DIEU SEUL SAIT COMBIEN D'AVENTURES TU AS EUES.
FURIEUSE
MAIS LÀ ÇA SUFFIT, ARRÊTE DE TRAÎNER ET VIENS M'AIDER À LA MAISON !
VIEUX PERVERS !
FRRR
HEIN ?
ÇA SENT LE SAPIN, M. SEGAWA.

TAP
IL NE FAUT SURTOUT PAS QU'ELLE VOUS TROUVE ICI.
HEIN ?
TAXI !
HEIN ?
Hein ???
Mme SHIMURA EST LA FEMME DE M. ABE ?
ELLE A GARDÉ SON NOM DE JEUNE FILLE.
JE L'IGNORAIS.
NORMAL, IL A DÛ TOUT FAIRE POUR QUE VOUS NE VOUS EN RENDIEZ PAS COMPTE.

C'EST Mme SHIMURA QUI M'A MONTRÉ LA PHOTO DE VOUS DEUX ET C'EST LÀ QUE J'AI DÉCOUVERT VOTRE LIAISON.
J'AI ÉTÉ VRAIMENT SURPRIS DE L'APPRENDRE.
VOUS LE CACHIEZ VRAIMENT TRÈS BIEN.
APPAREMMENT, J'AI PLU À Mme SHIMURA.
L'AUTRE FOIS, QUAND JE L'AI ABANDONNÉE POUR M'OCCUPER DE VOUS,
ELLE S'EST FÂCHÉE EN DISANT QU'ELLE AVAIT ENCORE ÉTÉ DOUBLÉE PAR CE BEAU GAY.
ELLE A ENVOYÉ LA PHOTO DE VOUS DEUX SOUS LE COUP DE LA COLÈRE.
EN FAIT, ELLE VOULAIT VOUS DISCRÉDITER, VOUS, PLUTÔT QUE M. ABE.
C'EST SA FEMME QUI A ENVOYÉ CE MAIL ?
EH OUI.
ALORS JE VOUS AI ACCUSÉ À TORT.
CE N'EST PAS GRAVE, C'EST AUSSI UN PEU DE MA FAUTE.

HÉ, HÉ
ALORS, VOUS LAISSEZ TOMBER ABE ?
JE...
JE VOULAIS JUSTE QU'IL ME FÉLICITE.
IL A REPRÉSENTÉ PAS MAL DE MES PREMIÈRES FOIS.
C'EST POURQUOI JE M'ACCROCHAIS...
PREMIÈRES FOIS ?

VOUS AVEZ ACCORDÉ VOTRE VIRGINITÉ À CE VIEUX PERVERS ?
C'EST UN HOMME DISTINGUÉ.
ET UN GRAND TRAVAIL-LEUR.
URG
MAIS IL ÉTAIT ADULTÈRE.
CHOISISSEZ-MOI, PLUTÔT.
JE NE VOUS FERAI JAMAIS SOUFFRIR, MOI.
JE VAIS TELLEMENT VOUS AIMER QUE JE VAIS VOUS ÉTOUFFER AVEC MON AMOUR.
POURQUOI ÊTES-VOUS AUTANT ATTACHÉ À MOI ?
JE ME DEMANDE BIEN POURQUOI.
C'EST JUSTE POUR MON APPARENCE PHYSIQUE ?
BON.
JE NE FERAI PLUS L'AMOUR AVEC VOUS.

HEIN ?
ET CE JUSQU'À CE QUE VOUS TOMBIEZ AMOUREUX DE MOI.
TIENS, VOUS AVEZ L'AIR DÉÇU.
QUEL OBSÉDÉ...
MAIS PAS DU TOUT !
SI VOUS TOMBEZ AMOUREUX DE MOI...
JE VOUS FERAI MOURIR DE PLAISIR.
JE SUIS INCROYABLE QUAND JE M'Y METS SÉRIEUSEMENT.
VOUS ÊTES TELLEMENT SÛR DE VOUS.
Bon sang.

Pourquoi est-ce que je le laisse jouer avec moi ?
JAMAIS JE NE TOMBERAI AMOUREUX DE VOUS.
MAIS VOUS VOUS INTÉRESSEZ À MOI, AVOUEZ.
PAS DU TOUT.
HA, HA.
JE VAIS ME DONNER À FOND.

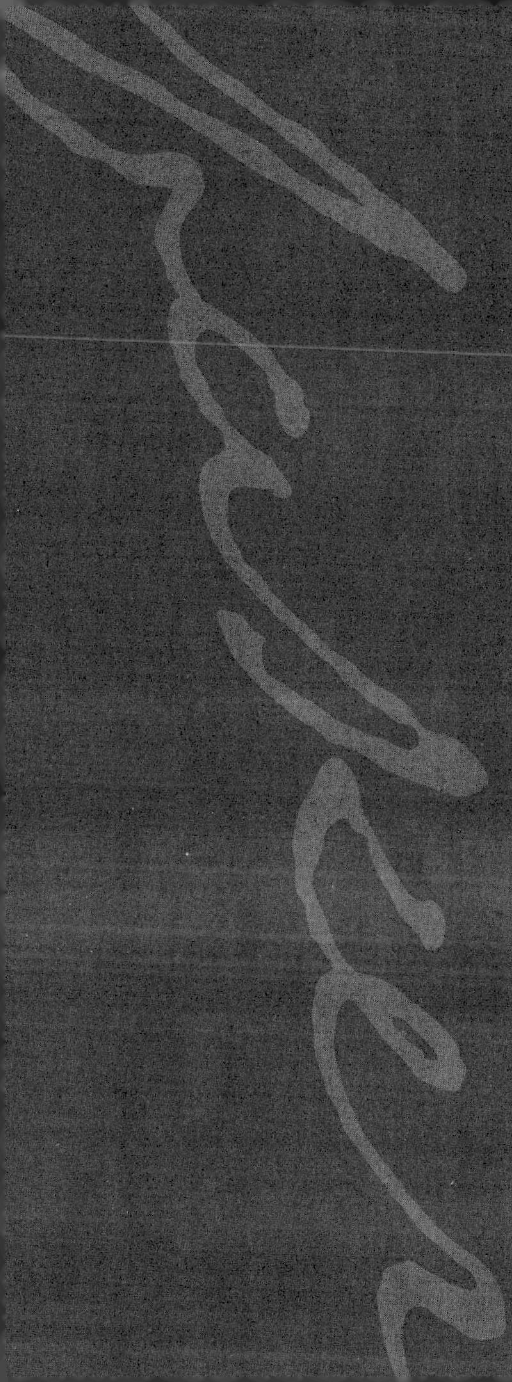

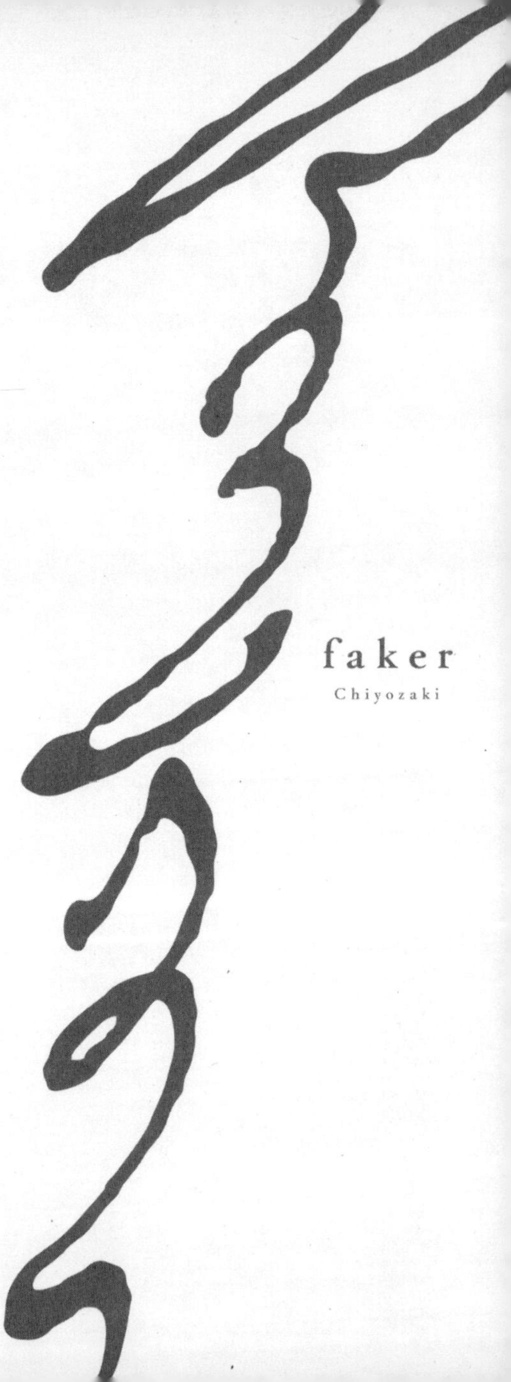

faker

Chiyozaki

Il n'y a rien que
je meure d'envie
d'obtenir.

factor

Je suis un stagiaire, moi aussi. Je m'appelle Mikami.
J'étais sûr de pouvoir avoir toutes les filles que je voulais.
Je savais exactement ce qu'elles voulaient entendre,
ce qui leur ferait plaisir.
Depuis petit, j'ai l'habitude d'agir en fonction du comportement d'autrui et c'est devenu un trait de mon caractère.
Toutes ces femmes sont adorables.
Mais elles se res-semblent toutes.

!!!
Aucune d'entre elles ne m'a jamais vraiment fait vibrer.

factor
1

JE SUIS DANS LA MÊME ÉQUIPE QUE MIKAMI ?
Oui.
LA SOCIÉTÉ DE PLATS CUISINÉS HOSHINO VA SORTIR UN NOUVEAU PRODUIT CET ÉTÉ.
NOUS AVONS FORMÉ UNE ÉQUIPE LE MOIS DERNIER ET ILS SONT EN TRAIN DE DISCUTER À PROPOS DE LA PUBLICITÉ QUI VA LE PROMOUVOIR.
Responsable adjoint à la publicité de la section N° 2. Hiroki Segawa (28 ans).
DÉSOLÉ DE VOUS PRENDRE DE COURT, MAIS JE VOUDRAIS QUE VOUS INTÉGRIEZ CETTE ÉQUIPE, SEGAWA.
HEIN ? IL EST MUTÉ CHEZ NOUS ?
YOUPI
Membre de la section numéro 1 à la publicité. Rui Mikami (24 ans).
NON, IL RESTE MEMBRE DE LA SECTION N°2.
VOUS ALLEZ AVOIR UN PEU DE MAL À CONJUGUER CETTE MISSION AVEC VOTRE TRAVAIL DANS VOTRE SECTION.
MAIS, JE SAIS QUE VOUS VOUS Y FEREZ VITE.
ET JE SERAI DANS LA MÊME ÉQUIPE.
ÇA IRA.

À LA BASE, UN DES EMPLOYÉS DE VOTRE PROMOTION ÉTAIT DANS L'ÉQUIPE.
MAIS IL S'EST BLESSÉ ET RESTERA HOSPITALISÉ PENDANT UN MOIS.
Je me suis cassé la jambe...
DU COUP, ON LUI A CHERCHÉ UN REMPLAÇANT.
C'EST TOI QUI AS MENTIONNÉ MON NOM ?
BIEN SÛR QUE NON, CE N'EST PAS EN MON POUVOIR.
カタン TAGADAM
VOUS AVEZ QUITTÉ LA SECTION N°1 IL Y A DEUX ANS, NON ? VOUS ÉTIEZ EN CHARGE DE HOSHINO.
IL PARAÎT QUE VOUS AVEZ BIEN PLU AU CHEF DE LA PUBLICITÉ DE CETTE ENTREPRISE.
カタン TAGADAM
SI ÇA SE TROUVE, C'EST LUI QUI VOUS A DEMANDÉ.
Chef de la publicité Inukaï
AH, CELUI QUI EST COMPLÈTEMENT GAGA DES CHIENS.

JE N'AI PAS TROP ENVIE DE TRAITER AVEC LUI...
JE SUIS TELLEMENT HEUREUX.
JE VOUDRAIS TRAVAILLER POUR TOUJOURS AVEC VOUS.
ON VA RENFORCER NOS LIENS ! ♥
NON, C'EST JUSTE LE TRAVAIL.
ÊTRE DANS LA MÊME ÉQUIPE CAUSE PAS MAL DE PROBLÈMES.
AH, JE DESCENDS AU PROCHAIN ARRÊT.

VOILÀ LONGTEMPS QU'ON NE S'ÉTAIT VUS, M. SEGAWA.
OUI, ÇA FAIT 3 ANS.
JE SUIS HEUREUX DE VOUS RETROUVER EN FORME.
SOURIT
SOURIT
.....
Qu'il est beau...
COMMENT VA M. ABE AU FAIT ?
!!!
VOUS VOUS ENTENDIEZ TELLEMENT BIEN.
NON, PAS TANT QUE ÇA.

AH BON ?
VOUS ÉTIEZ TOUT LE TEMPS EN-SEMBLE.
BEAUX GOSSES X2
VOUS ÉTIEZ UN PEU MOINS SOCIABLE QUE MAIN-TENANT.
HI HI
HI HI
IL VOUS ARRIVAIT AUSSI D'IGNORER FROIDEMENT M. ABE PENDANT CERTAINES RÉUNIONS.
Hé !
À CES MOMENTS-LÀ, ON SE DEMANDAIT SI VOUS VOUS ÉTIEZ DISPUTÉS.
Se-gawa.
ARGH...
JE SUIS TELLEMENT GÊNÉ...
MAIS NON.
NOUS AVIONS TOUJOURS HÂTE DE VOUS VOIR TOUS LES DEUX.
J'ÉTAIS ENCORE TRÈS INEXPÉRIMENTÉ À CETTE ÉPOQUE.
JE ME REPOSAIS BEAUCOUP SUR M. ABE.
APRÈS TOUT, C'ÉTAIT MON MENTOR.
IL AVAIT L'AIR D'ÊTRE TRÈS ATTENTIONNÉ ENVERS VOUS.
C'EST VRAI.

JE ME DEMANDE SI VOUS ALLEZ ME LAISSER VOUS CHOUCHOUTER.
HEIN ?
J'AI ENVIE DE ME DISPUTER AVEC VOUS, MOI AUSSI.
TU TE CROIS DRÔLE ?
VOUS AVEZ L'AIR TELLEMENT HEUREUX QUAND VOUS PARLEZ DE M. ABE.
VOUS L'ENCENSEZ.
NORMAL, JE SUIS BIEN OBLIGÉ DE DIRE DU BIEN DE LUI DEVANT NOS COLLÈGUES.
VOUS NE DIREZ JAMAIS DE MAL DE LUI, HEIN ?
POURTANT VOUS AVEZ DESCENDU YUKIMURA EN FLAMMES.
MAIS NON. JE L'AI JUSTE AVERTI QU'IL DEVAIT FAIRE DU MEILLEUR TRAVAIL.

QUE T'ARRIVE-T-IL ?
ÇA NE TE RESSEMBLE PAS DE PARLER AINSI.
C'EST JUSTE QUE C'EST D'UN BARBANT.
VOUS AIMEZ TANT QUE ÇA L'ABE COMPÉTENT ?
JE PENSE QUE MOI-MÊME, J'AI DU POTENTIEL À REVENDRE.
J'AI RÉUSSI À RAFLER LE PLUS HAUT BONUS DE PERFORMANCES.
POURQUOI NE SUIS-JE PAS ASSEZ BIEN POUR VOUS ?
JE N'ARRIVE PAS À COMPRENDRE POURQUOI TU T'INTÉRESSES AUTANT À MOI.
!!!

IL Y A DES TAS DE FEMMES BIEN PLUS SÉDUISANTES QUE MOI.
PARCE QUE VOUS ÊTES BEAU ?
JE DÉTESTE LES GENS QUI NE ME JUGENT QUE SUR MON APPARENCE !
VOUS ÊTES PÉNIBLE, À LA FIN.
EH BIEN...
SI ÇA SE TROUVE...
JE M'INTÉRESSE À VOUS POUR LES MÊMES RAISONS
QUI VOUS EMPÊCHENT D'OUBLIER M. ABE.

...
DE QUOI PEUVENT-ILS BIEN PARLER ?
HOU-HOU.

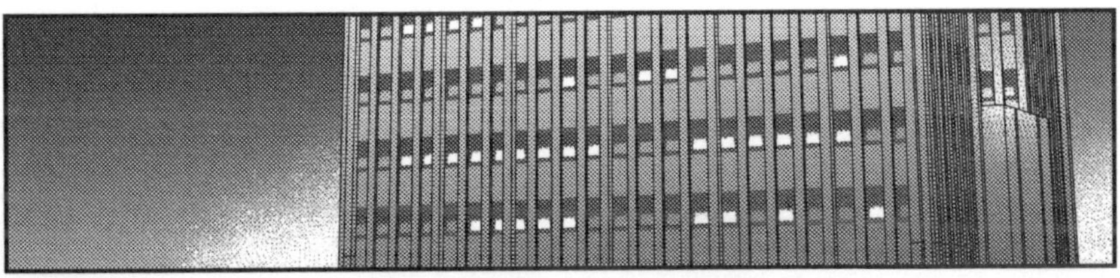

LE SERVICE CRÉATION NOUS A ENVOYÉ LES DOSSIERS IL Y A PLUS DE 4 HEURES ?!

MAIS QU'EST-CE QUE VOUS FAISIEZ, HEIN ?
JE SUIS DÉSOLÉ, MON PC RAME BEAUCOUP AUJOURD'HUI.
VOTRE PC EST TOUT LE TEMPS EN PANNE !
ÇA SUFFIT AVEC VOS EXCUSES D'ENFANT GÂTÉ !
GRRR
J'AVAIS RAISON DE VOUS TRAITER DE GAMIN INCAPABLE DE SE GÉRER LUI-MÊME !
GRRR
GRRR
TAC
TAC
VOTRE TÉLÉPHONE VIBRE, M. SEGAWA.
BZZZ
BZZZ
ALLÔ ?
Qu'est-ce qu'il veut ?
BONJOUR, M. SHINOHARA.
PARDON ?
JE DOIS VENIR À GINZA ?
IMPOSSIBLE, LES DOCUMENTS POUR NOTRE PRÉSENTATION DE DEMAIN NE SONT PAS ENCORE PRÊTS.
PARDON ?
C'EST UNE FÊTE POUR L'ANNIVERSAIRE DE M. INUKAÏ ?
MAIS, JE...
JE SENS QUE JE VAIS DEVOIR TOUT FINIR SEUL...
C'ÉTAIT À TOI DE FAIRE CE TRAVAIL, À LA BASE.

MERCI D'ÊTRE VENU, M. SEGAWA.
VOUS AVEZ FINI VOTRE TRAVAIL ?
JE N'AI PAS FINI.
J'AI LAISSÉ YUKIMURA S'EN CHARGER.
RHAAA
QUEL TYRAN.
C'EST VOTRE FAUTE. C'EST VOUS QUI AVEZ INSISTÉ POUR QUE JE VIENNE.
C'EST UN CADEAU ?
QUELLE RÉACTI-VITÉ.
C'EST UN JOUET POUR SON CHIEN MILK.
POURQUOI UN CADEAU POUR SON CHIEN ?
MILK, LE CHIEN ADORÉ DE M. INUKAÏ
QUAND SON CHIEN EST HEUREUX, M. INUKAÏ L'EST AUSSI.
CE GARÇON EST TRÈS BIEN.
UN MAJOR DE LA FACULTÉ T.
!?

IL EST ABORDABLE.
IL SAIT S'ADAPTER À SON ENVIRONNEMENT EN PLUS D'ÊTRE TRÈS POLI.
MIKAMI EST LÀ AUSSI ?
HI, HI !
QUEL PLAISANTIN !
LES HÔTESSES SEMBLENT L'APPRÉCIER AUSSI.
HA HA
GÉNÉRALEMENT, LES JEUNES DE MAINTENANT NE SONT PAS TRÈS APPRÉCIÉS.
C'est complètement démodé.
M. Mikami, vous êtes un petit pervers.
TU AS L'AIR DE BIEN T'AMUSER, MON COCHON...
FURIEUX
!!!
AH...
M. ABE EST LÀ AUSSI.
PFFF
BAH, JE M'EN FICHE.
ALLEZ VITE SALUER M. INUKAÏ.
(Shinohara)
ENTENDU.
.....

CE VIN EST DÉLICIEUX.
BLA
IL A UN PARFUM DÉLICIEUX ET UN GOÛT SUAVE, TEL UN BARZOÏ ARPENTANT LA VILLE DE NUIT AVEC GRÂCE.
ET EN MÊME TEMPS, IL A DU CORPS, TEL UN CHIHUAHUA FURIEUX...
BLA
QUI VOUS DONNE UN PETIT COUP DE FOUET.
N'EST-CE PAS ?
C'EST LE VIN QUE VIENT DE M'OFFRIR M. ABE.
M. ABE EST UN FIN CONNAISSEUR EN VINS.
VOUS SEMBLEZ AIMER LES CHIENS.
PSSS
UNE DE NOS FILLES S'Y CONNAÎT BIEN EN CHIENS ?
PSSS
HEIN!?
IMPATIENT
IMPATIENT
J'ESPÈRE QUE YUKIMURA S'EN SORT.
JE VAIS LUI PASSER UN COUP DE FIL.
FROU
VEUILLEZ M'EXCUSER.

GRAB
NE ME DITES PAS QUE VOUS RENTREZ DÉJÀ !
NON, JE VAIS JUSTE PASSER UN APPEL.
AH...
IL NE SE SOUVIENDRA PROBABLEMENT DE RIEN DEMAIN.
VOUS AVEZ UN PEU TROP BU.
VOUS ÊTES TELLEMENT BEAU, SEGAWA.
CES CHEVEUX...
ILS ME FONT PENSER À FEU MON PETIT CACAO.
AH OUI, VOTRE LÉVRIER AFGHAN.
QUE VOUS ÊTES BEAU.
CARESSE
なで
なで
ÇA COMMENCE À DEVENIR N'IMPORTE QUOI...
FROU
!!!

MIKAMI...
M. INUKAÏ,
HOP
JE VOULAIS SAVOIR SI CE NE SERAIT PAS...
FROU
LE LIVRE QUE VOUS CHERCHIEZ ?
LEQUEL ?
VOUS VOUS SOUVENEZ, VOUS EN AVEZ PARLÉ TOUT À L'HEURE.
L'ÉTUDE SUR LES SHIBA INU NAINS ÉCRITE PAR UN BIOLOGISTE AMÉRICAIN DE L'ÉVOLUTION.
.....
QU'EST-CE QUE ÇA VEUT DIRE ?

.....
POURQUOI AVOIR LAISSÉ M. INUKAÏ VOUS TRAITER DE LA SORTE ?
TAP TAP TAP
PAS DE QUOI FOUETTER UN CHAT. J'AURAIS PU ME DÉBROUILLER SEUL.
M. SEGAWA.
TU SEMBLAIS BIEN T'AMUSER AVEC CES FILLES.
ELLES NE FONT QUE LEUR TRAVAIL.
ET MOI ALORS...
VOUS N'AURIEZ PAS DÛ VENIR.
?
ET POURQUOI M. ABE N'A-T-IL PAS RÉAGI ?
TU VEUX DIRE QU'IL NE M'A PAS AIDÉ ALORS QU'IL ÉTAIT À CÔTÉ ?
IL A TOUJOURS AGI DE LA SORTE ?

VOUS DÉTESTEZ QUAND ON VOUS DIT QUE VOUS ÊTES BEAU...
MAIS VOUS VOUS SERVEZ LARGEMENT DE CETTE BEAUTÉ.
VOUS AVIEZ POURTANT DIT QUE VOUS DÉTESTIEZ FAIRE ÇA.
EST-CE QUE CE SERAIT
M. ABE QUI VOUS A DIT DE VOUS EN SERVIR ?
GRRR
.....
CE N'ÉTAIT PAS BIEN GRAVE.
!!!
PAS BIEN GRAVE ?
ARRÊTE DE ME REBATTRE LES OREILLES AVEC M. ABE.
IL N'A RIEN À VOIR DANS L'HISTOIRE.

J'UTILISE TOUT CE QUI PEUT M'ÊTRE UTILE DANS MON TRAVAIL.
QUAND ON SE BAT, ON UTILISE TOUTES LES ARMES À SA DISPOSITION.
TU FAIS EXACTEMENT LA MÊME CHOSE.
TU PASSES TON TEMPS À SOURIRE BÊTEMENT.
TU FAIS CELUI QUI APPROCHE LES GENS SANS ARRIÈRE-PENSÉES.
MAIS TOUT LE MONDE SAIT BIEN QUE TU CACHES BIEN TON JEU.
TU ANALYSES FROIDEMENT LES GENS ET TU FAIS EN SORTE DE LES AMADOUER.
ÇA TE PLAÎT DE LES MANIPULER AFIN QU'ILS AGISSENT COMME TU L'ENTENDS.
TU TE DIS DONC QUE CE SERAIT UN BEAU DÉFI DE ME FAIRE TOMBER AMOUREUX DE TOI.
TU ES UN PETIT FUTÉ.

M. SEGAWA...
JE...
M. SEGAWA !
YUKIMURA ?
DEPUIS QUAND ÊTES-VOUS LÀ ?
JE VOUS AI DIT DE RENTRER CHEZ VOUS, AU TÉLÉPHONE.
J'AVAIS ENVIE DE BOIRE UN COUP, MOI AUSSI.
HÉ !
ZZZ...
NE VOUS COUCHEZ PAS SUR LE SOL.
ON COMMENCE TÔT, DEMAIN.
YUKIMURA !

ドサッ
CLAC
HEUREUSEMENT QU'IL Y AVAIT UNE CHAMBRE DE LIBRE.
EUH, OUI...
ON AURAIT PU PRENDRE UNE CHAMBRE DOUBLE.
Pourquoi une triple ?
PARCE QUE JE DORS AVEC VOUS.
!?
ON DOIT SE LEVER TÔT DEMAIN POUR ÊTRE VITE AU TRAVAIL.
MOI AUSSI, JE DOIS ME LEVER TÔT.
JE N'AVAIS PAS ENVIE DE RENTRER. TROP PÉNIBLE.
FROU
バサ

AH...
ピクッ…
.....
JE TE LAISSE LE LIT À CÔTÉ DE LA PORTE.
TU VAS DÉPASSER DE CE LIT-LÀ.
Je me sens gêné.
03:05

J'ai été
assez dur avec Mikami.
Si ça se trouve,
il était juste inquiet pour moi.
J'AI RÉAGI COMME ÇA PARCE QUE...
je ne voulais pas que M. Abe me croie faible.
Je ne voulais pas d'aide.
J'étais gêné
et je me suis énervé.
BON SANG...

Ne t'occupe pas de moi.
TU PEUX TROUVER
des tas d'autres personnes à séduire.
CRIC
ギッ…

Qu'est-ce qui sent si bon ?
HMMM ?
SURSAUTE
ビクッ
HEIN ?
MIKAMI ?!
JE NE VOUS FERAI RIEN.
LA SITUATION EST UN PEU DÉLICATE, QUAND MÊME.
SI YUKIMURA SE RÉVEILLE...
IL DORT TOUJOURS COMME UNE MASSE, PAS DE SOUCI À AVOIR.

C'EST VRAI...
M. SEGAWA.
PARDON.
!?
JE SUIS ALLÉ UN PEU TROP LOIN, TOUT À L'HEURE.
J'AURAIS DÛ GARDER MON CALME.
C'EST JUSTE QUE JE DÉTESTE VRAIMENT M. ABE.
ET JE NE SUPPORTE PAS DE VOUS VOIR VOUS ACCROCHER ENCORE À CE TYPE.
PARDON.

C'EST PLUTÔT À MOI DE M'EXCUSER. JE T'AI DIT DES CHOSES HORRIBLES.
CE N'EST RIEN.
De plus,
je suis censé être plus raisonnable, je n'aurais pas dû perdre mon sang froid.
Pour couronner le tout, c'est lui qui s'est excusé en premier.
J'ai été puéril sur ce coup.
J'Y SUIS HABITUÉ, NE VOUS EN FAITES PAS.
ON M'A SOUVENT DIT QUE J'AVAIS BEAUCOUP D'AMBITION
ET QU'ON NE POUVAIT PAS SAVOIR CE QUE JE PENSAIS PARCE QUE JE SOURIS TOUT LE TEMPS.
MAIS C'EST TELLEMENT PLUS FACILE DE SOURIRE ET DE RÉGLER LES CHOSES SANS HEURTS.
C'EST UN MOYEN DE ME PROTÉGER.

SACHEZ CEPENDANT QUE JE NE ME MOQUE PAS DE VOUS.
JE SUIS SÉRIEUX.
NE SOYEZ PAS
AUTANT SUR VOS GARDES.
.....
MAIS JE NE SUPPORTE PAS QUE VOUS SOYEZ DANS LA MÊME SECTION QUE VOTRE EX.
VOUS NE VOULEZ PAS VOUS FAIRE MUTER ?
FROU
SACHE QUE JE NE RESSENS PLUS RIEN POUR M. ABE.
POURTANT, VOUS ÉTIEZ VRAIMENT ACCRO.
.....
MAIS JE PEUX VOUS COMPRENDRE.

C'EST PARCE QUE JE NE PEUX PAS VOUS AVOIR
QUE JE VOUS POURSUIS DE MES ASSIDUITÉS.
.....
VOS POIGNETS SONT SI MINCES !
J'AI UNE IMPRESSION DE DÉJÀ-VU...
VOUS DEVRIEZ FAIRE PLUS ATTENTION À VOTRE SANTÉ.
SERRE
VOUS VOUS ÊTES LAISSÉ FACILEMENT TOUCHER PAR CE TYPE.
VOUS FUMEZ BEAUCOUP ET VOUS NE FAITES PAS ATTENTION À VOUS.
À NOTRE RENCONTRE, VOUS ÉTIEZ TELLEMENT MAIGRE QUE J'EN ÉTAIS INQUIET.
VRAIMENT ?
FROU
VOUS VOUS ÊTES REMPLUMÉ, DEPUIS.

AH
HMMM.
FROT
FROT
DIS DONC !
PSSS
HÉ HO !
TU AVAIS DIT QUE TU NE FERAIS RIEN.
PSSS
JE N'AI JAMAIS PRÉCISÉ POUR COMBIEN DE TEMPS.
CETTE SITUATION ÉMOUSTIL-LERAIT N'IMPORTE QUI.
C'EST DE LA TRICHE !
IL N'Y AURA PAS DE PÉNÉTRATION, PROMIS.
TREMBLE
MAIS, J'AI PROMIS
QUE JE NE VOUS FERAI PAS L'AMOUR TANT QUE VOUS NE ME DIREZ PAS QUE VOUS M'AIMEZ.

AH
TU NE MODIFIES PAS UN PEU LES TERMES DU CONTRAT LÀ ?
AH !
AH...
PINCE
HÉ !
VOUS RÉAGISSEZ VITE.
HA...
じた
GIGOTE
ÇA SUFFIT.
ばた
!!!
ARRÊTEZ DE GIGOTER COMME ÇA.
PRESSE

HAA !
TOURNE
HOP
ÉCARTEZ LES JAMBES.
HA.
VOUS AIMEZ QUE JE VOUS TOUCHE, HEIN ?
JE VAIS VOUS DONNER DU PLAISIR.
TIRE
TIRE
TRESSAUTE
AH !
HMM.
JE VEUX QUE PERSONNE D'AUTRE QUE MOI NE VOUS TOUCHE.
HAAA
HAAA
PRESSE
lein
AH
MIKAMI EST AUSSI EN ÉRECTION.
SMACK
HAA
SMACK
HAA
PRESSE
PRESSE
HAN...

PLAISIR
BON SANG.
HAA
J'ai envie qu'il me pénètre.
HAA
AH NON.
IL NE FAUT PAS.
HMMM
HMMM
HUM...
AH...
JE NE DOIS PAS ME LAISSER EMPORTER PAR LA PASSION.
OUVRE
!?
FRRR
FIXE

YU…
YUKIMURA ?
EUH, EH BIEN…
トロ、
HMM
ZZZ
.....
HA, HA…
JE CROIS QUE JE ME SUIS UN PEU TROP EMBALLÉ.

!?
TAP
スタ
TAP
スタ
FROU
もぞ...
Ah non...
Il ne va pas......
me laisser sur ma faim, quand même ?
Je n'arriverai jamais à me calmer...
TRESSAUTE
Et puis Mikami aussi est en érection !
BON SANG...
Il m'a laissé en plan.
JE VAIS ESSAYER DE ME CALMER UN PEU...
FROT
もぞ...
.....

RIEN N'Y FAIT.
HAA...
JE VAIS ME SOULAGER AUX TOILETTES.
JE NE VOUDRAIS PAS ÉJACULER DANS LE LIT !
CRIC
ギシッ
ビクッ
AH
M. SEGAWA.
VENEZ DONC PAR LÀ.
FROU
スッ
JE NE VOUS TAQUINERAI PLUS.

TOI ALORS...
M. SEGAWA.
ALLEZ...
VENEZ.
BON SANG...
Il veut
me laisser le choix ?

HMM
SON SEXE...
HAA
ピクンッ
HAN
SWISH
ギチッ
PRESSE
EST CHAUD.
PRESSE
J'AI DÉJÀ COUCHÉ UNE FOIS AVEC LUI
SMACK
ヌル…
HAA
HAA
MAIS MES SOUVENIRS SONT FLOUS.
FLOTCH
IL EST TOUJOURS TELLEMENT DÉTENDU.

HAA...
SERRE
!!!
VOUS ALLEZ JOUIR ?
Que m'arrive-t-il ?

Mon cœur se serre.
PARDON POUR TOUT À L'HEURE.
?!
DE QUOI PARLEZ-VOUS ?
M. SEGAWA ?
Qu'est-ce qui me prend ?

faker

Chiyozaki

factor
2

OKUDA.
ON DOIT SE PARTAGER EN 10 ÉQUIPES DE TRAVAIL.
ON SE MET ENSEMBLE ?
D'ACCORD.
ELLE EST VRAIMENT MIGNONNE.
ELLE EST BELLE MAIS M'A L'AIR TROP SÉRIEUSE POUR PRENDRE DU BON TEMPS.
MAIS SI JE LA POUSSE UN PEU...
ELLE N'A PAS L'AIR DU GENRE À APPRÉCIER LES DRAGUEURS. IL FAUT QUE JE SOIS PLUS SUBTIL.
OUPS
ZUT, J'AI REPRIS MES VIEUX TRAVERS.

C'était un stage de business avancé à l'attention des étudiants qui recherchaient du travail.
La concurrence était rude pour les stages dans les entreprises populaires.
Cette grande entreprise de communication procédait d'abord à des sélections, suivies de tests et d'entretiens.
Tous ceux réunis ici étaient donc ceux qui avaient obtenu les meilleurs résultats.
Je ne m'intéressais pas vraiment à la communication.
J'avais postulé là-bas parce qu'elle avait l'air d'offrir beaucoup de libertés à ses employés.
Je n'avais pas d'ambition particulière.
JE VEUX PROFITER DE MA VIE.
!!!
LE VOILÀ.

Le bel indifférent.
IL EST TOUJOURS AU MÊME ENDROIT.
Il semblait triste.
Et cette tristesse le rendait mystérieux.
C'est la première personne que j'ai vue à la salle des archives.
IL A L'AIR TELLEMENT FRÊLE.
IL A ENCORE FAIT L'IM-PASSE SUR LA RÉUNION.
?!
CE N'EST PAS PARCE QUE C'EST LE PETIT PRÉFÉRÉ DES RESPONSABLES QU'IL DOIT SE CROIRE TOUT PERMIS.

C'EST UN VRAI PORC-ÉPIC, MAIS IL A LA COTE AUPRÈS DES SUPÉRIEURS ET DES CLIENTS.
Ah !
JE SUIS SÛR QU'IL SE SERT À FOND DE SA BEAUTÉ ET DE SON CORPS.
IL PARAÎT QU'IL EST GAY.
EST-CE QU'IL LES ENTEND ?
UN PORC-ÉPIC ?
JE NE TROUVE PAS, IL A L'AIR PLUTÔT VULNÉRABLE.
FERME-LA, L'AFFREUX.
PARDON ?
NE JOUEZ PAS L'IGNORANT
VOUS PARLIEZ ASSEZ FORT POUR QUE JE VOUS ENTENDE.

C'EST VOUS QUI AVEZ ÉTÉ DÉFAIT DU DOSSIER DE L'ENTREPRISE B, NON ?
VOUS AVEZ ENCORE EN TRAVERS DE LA GORGE LE FAIT QU'ON M'EN AIT CHARGÉ À VOTRE PLACE ?
QUOI ?
JE N'AI PAS ÉTÉ DÉFAIT DU DOSSIER, ON AVAIT DES DIVERGENCES D'OPINION.
MOI, AFFREUX ? JE SUIS UNE ANCIENNE IDOLE, ET J'ÉTAIS BIEN PLACÉ SUR LA LISTE DE CEUX AVEC QUI LES FILLES VOULAIENT COUCHER.
JE NE SUPPORTE PAS LES GENS NARCISSIQUES ET INCOMPÉ-TENTS.
DIT CELUI QUI NE FAIT RIEN ET SE CONTENTE DE REGARDER LES AUTRES DE HAUT.
VOUS ÊTES INCOMPÉTENT ET VOUS REJETEZ LA FAUTE SUR LES AUTRES.

VOUS FAITES PREUVE D'UN ORGUEIL PUÉRIL SANS LIMITES.
EN FAIT VOUS N'ÊTES QU'UN NARCISSIQUE.
HIII
KU
BAM
VOUS ÊTES BLESSÉ QU'ON VOUS DISE QUE VOUS ÊTES AFFREUX ?
VOUS VOUS INSURGEZ QUAND ON VOUS BLESSE
ET VOUS ÊTES COMPLÈTEMENT INSENSIBLE À LA DOULEUR D'AUTRUI.
VOUS N'ÊTES QU'UN REBUT DE L'ESPÈCE HUMAINE.
VOUS DEVRIEZ VOUS RÉINCARNER EN PUNAISE POUR RÉPARER VOS PÉCHÉS !

.....
Il est redou-table !
Il a piqué ma curiosité.
J'ai envie de lui parler.
BABOUM
ドキ
LA FERME, GRANDE ASPERGE.
ドキ
BABOUM
Je sens qu'il va me répondre un truc de ce genre.
AH...
Mon stage ne va durer que dix jours.
Pendant ce court laps de temps...
ATTEN-TION !
VLAN
ガッ

Il est tellement mince !
OUI.
VOUS ALLEZ BIEN ?
HEIN ?
J'AI JUSTE EU UN ÉTOURDISSEMENT.
FROU
ズル…
GRRRBLLLL
ぐー…
TCHAC
パキッ

.....
VOILÀ DE L'EAU.
Merci.
TAC
J'ai de la veine !
MAIS JE VIENS DE MANGER.
MERCI POUR L'EAU...
DÉSOLÉ, MAIS...
QUI ÊTES-VOUS ?
NOUS N'AVONS JAMAIS TRAVAILLÉ ENSEMBLE. DANS QUELLE SECTION ÊTES-VOUS ?
MA SECTION ?
PUBLICITÉ, NON ? VOUS ÊTES JEUNE.
JE NE PEUX PAS LUI DIRE QUE JE SUIS STAGIAIRE.
JE SUIS DE LA SECTION 8...
DANS L'ÉQUIPE QUI S'OCCUPE DES VOITURES SUZUKA ?
OUI...
J'AI RÉPONDU AU HASARD...
CE SONT DES FANATIQUES DE COMPÉTITION DE SPORT, LÀ-BAS. JE N'AIME PAS TROP CETTE SECTION..
ÇA M'A L'AIR D'ÊTRE PARFAIT POUR VOUS.

AH BON ? QU'EST-CE QUI VOUS FAIT DIRE ÇA ?
OÙ SONT LES ÉPICES ?
ON NE ME L'AVAIT JAMAIS FAITE, CELLE-LÀ.
HUM ? EH BIEN...
VOUS ÊTES GRAND.
Juste pour ça ?
EN FAIT, IL N'EN A RIEN À FAIRE DE MOI.
Ce mélange d'épices est fait maison, c'est délicieux.
J'ai continué à lui parler quand je le voyais.
Il s'appelait Hiroki Segawa et avait 25 ans. Il était à la section publicité depuis 3 ans.
On pouvait le croiser à la salle des archives le soir. Il était connu pour sa beauté mais il était redoutable.
IL BOIT TOUJOURS UN CAFÉ ULTRA SUCRÉ.
ャラメル
ラテ

Des cheveux soyeux
Une peau de pêche
Sérieux et impassible
Je me demande qui il est vraiment.
QU'EST-CE QUE VOUS REGARDEZ ?
Fumeur
Je me demande ce qu'il aime et quel est son type d'homme.
Une langue acérée
Très mince
Surmené
ピコン!
POP
NEW !
Bec sucré ?
RIEN.
EST-CE QUE VOUS AVEZ MANGÉ, AUJOURD'HUI ?
J'AI GRIGNOTÉ.
De la gelée.
JUSTE GRIGNOTÉ ?
De la gelée ?
D'HABITUDE, JE DÎNE TOUJOURS AVEC UN COLLÈGUE.
MAIS COMME ON S'EST FÂCHÉS, JE N'AI PLUS DE REPÈRES HORAIRES POUR ME NOURRIR.
HUM
SA FEMME LUI CUISINE DES REPAS QU'IL AMÈNE AU TRAVAIL...
VOUS ÊTES FÂCHÉS ?
ハッ
HA
C'EST EXACT.
JE ME SUIS FÂCHÉ AVEC UN COLLÈGUE DE MON ÉTAGE.
ON DIRAIT DES GAMINS.
IL TRAVAILLE AVEC MOI, ALORS JE N'AI PAS ENVIE DE LE VOIR POUR LE MOMENT.
IL VOUS AGACE TANT QUE ÇA ?

JE SUIS PLUTÔT VIRULENT QUAND JE M'Y METS.
JE NE VEUX PAS ALLER TROP LOIN.
.....
ÉTRANGE.
Il tient à cette personne ?
AH !
CETTE MONTRE, C'EST UNE LUBRO, NON ?
ET IL N'Y EN A QUE 100 MODÈLES DANS LE MONDE.
J'ADORE CETTE MARQUE, MOI AUSSI.
Même si je ne peux pas me l'offrir.
AH, NON.
ON ME L'A DONNÉE.
!!!

J'AI POURTANT DIT QUE JE N'EN AVAIS PLUS BESOIN, VU QUE J'EN AVAIS ACHETÉ UNE NEUVE.
JE N'Y CONNAIS RIEN.
ON M'A RÉPONDU QUE SI JE N'EN VOULAIS PAS, JE POUVAIS LA REVENDRE OU LA DONNER.
JE DEVRAIS PLUTÔT EN PRENDRE SOIN.
.....
FROU
ON VOUS L'A DONNÉE PARCE QU'ELLE ÉTAIT PRÉCIEUSE, NON ?
?!
VOUS DEVRIEZ AJUSTER LE BRACELET, PAR CONTRE.
GRAB
FROT
VOUS ÊTES TRÈS MINCE.
C'EN EST INQUIÉTANT.

VLAN
VOUS M'ÉCŒUREZ.
?
NE ME TOUCHEZ PAS AVEC VOS SALES PATTES !
!?
VOUS AVEZ ENTENDU LA RUMEUR SELON LAQUELLE JE SERAIS GAY, NON ?
N'ESSAYEZ PAS DE M'APPROCHER POUR ASSOUVIR VOTRE CURIOSITÉ !
Il m'a percé à jour.

AU REVOIR.
GRAB
VOUS VOUS SENTEZ BIEN, ICI ?
?
JE SUIS CONTENT DE VOIR QUE VOUS MANGEZ.
.....
JE VIENS DE TERMINER DE MANGER.
VOILÀ DU CAFÉ. ♥

ズ…
SLURP
VOILÀ DU LAIT ET DU SUCRE.
.....
NON, MERCI.
C'EST UN PEU TRISTE DE MANGER SEUL. VOUS VOULEZ BIEN RESTER UN PEU AVEC MOI ?
VOUS AIMEZ DISCUTER AVEC MOI ?
BIEN SÛR QUE OUI.
DISCUTER AVEC VOUS ME PERMET DE BEAUCOUP APPRENDRE.
.....
JE NE SAIS PAS GRAND-CHOSE, POURTANT.
MAIS VOUS NE SAVEZ RIEN DES CHOSES LES PLUS ÉLÉMENTAIRES.
JE N'Y CONNAIS RIEN À LA PUBLICITÉ, C'EST TOUT...
VOUS NE COMPRENEZ RIEN À LA PUB LANCÉE PAR LA CONCURRENCE ET VOUS NE VOUS RAPPELEZ NI DES CLIENTS NI DES EMPLOYÉS D'ICI.

OK, VOUS N'ÊTES LÀ QUE DEPUIS UN AN. MAIS VOUS SORTEZ DE L'UNIVERSITÉ T.
VOUS DEVRIEZ POUVOIR ME DÉPASSER EN UN CLIN D'ŒIL.
MES DIPLÔMES N'ONT RIEN À VOIR DANS L'HISTOIRE.
HA, HA
ET PUIS, JE NE SUIS PAS SI SÉRIEUX QUE ÇA.
LES PERSONNES QUI MANQUENT DE SÉRIEUX NE SONT PAS ADMISES CHEZ NOUS.
VOUS AVEZ...
TRAVAILLÉ DUR, SANS RELÂCHE, POUR POUVOIR ENTRER DANS L'ENTREPRISE.
JE CROIS QUE JE ME SUIS TIRÉ UNE BALLE DANS LE PIED.
!!!
VOUS TRAVAILLEZ TRÈS DUR, NON ?
VOUS TRAVAILLEZ TOUS LES JOURS JUSQUE TARD LE SOIR, VOUS MANGEZ À PEINE TEL-LEMENT VOUS ÊTES PRIS.
VOUS N'AVEZ JUSTE PAS ENVIE DE MANGER SEUL.
SI ON NE TRAVAILLE PAS TARD, ON SE LAISSE DISTANCER PAR LES AUTRES
ET PAS DE FÉLICITA-TIONS.
DIRE QU'ON TRAVAILLE DUR N'APPORTE RIEN À L'HISTOIRE.
SEULS LES RÉSULTATS COMPTENT.
UN JEUNE HOMME INTELLIGENT

COMME VOUS NE PEUT PAS COMPRENDRE.
Il me casse les pieds.
MERCI POUR LE CAFÉ. JE DOIS Y ALLER.
C'est parce que vous mettez des distances
que vous vous retrouvez seul.
Les hommes pétris de leur propre importance me révulsent.
Ils me révulsent.
Mais je les envie aussi un peu.
Cet homme...

est incapable de s'aimer.
JE TROUVE QUE VOUS AVEZ
ÉNORMÉMENT DE BONS CÔTÉS.
VOUS PARLEZ TROP FORT.
VOUS ÊTES BEAU ET ATTACHANT.
MAIS VOUS ÊTES AUSSI TRAVAILLEUR, AMBITIEUX ET AVEZ UNE GRANDE CAPACITÉ DE CONCENTRATION.
ET PUIS VOUS ÊTES PATIENT.
VOUS AVEZ LA LANGUE ACÉRÉE, ÊTES ASOCIAL ET IMPUDENT.
C'EST POUR ÇA QUE JE VOUS APPRÉCIE.

J'AI BEAU ÊTRE UN INCONNU POUR VOUS, SI JE VOUS SOLLICITE,
VOUS PRENEZ TOUJOURS LE TEMPS DE M'ÉCOUTER.
VOUS INTERROMPEZ VOTRE TRAVAIL ET VOUS VOUS CONCENTREZ SUR MOI
SANS JAMAIS M'ENVOYER BALADER.
CE N'EST PAS GRAND-CHOSE.
SI, SI.
VOUS NE ME LAISSEZ PAS TOMBER, MÊME SI JE VOUS DÉRANGE.
L'AUTRE FOIS, À LA SALLE DES ARCHIVES, VOUS AVEZ AIDÉ UNE JEUNE FEMME À PORTER UNE GROSSE PILE DE DOSSIERS.
VOUS ÊTES PLUTÔT ATTEN-TIONNÉ.
AU RESTAURANT, VOUS AVEZ DEMANDÉ DE L'EAU POUR MOI.
JE N'AI PLUS D'IDÉES...
EN PLUS, VOUS ÉCRIVEZ BIEN.
ET PUIS...
N'EN JETEZ PLUS.
C'EST PLUTÔT VOUS QUI OBSERVEZ LES AUTRES.

C'EST DÉPLACÉ.
ARRÊTEZ D'ESSAYER DE M'AMADOUER EN CHANTANT MES LOUANGES À TOUT VA.
Maudits sportifs...
!!!
Hein ?
AU FAIT, COMMENT VOUS APPELEZ-VOUS ?
BZZZ
HEIN ? MON NOM ?
BZZZ
EH BIEN...
QU'EST-CE QUE JE FAIS ?
JE DOIS Y ALLER.
HEIN ?

ATTENDEZ…
QUAND AS-TU FAIT CONNAISSANCE AVEC LES EMPLOYÉS D'ICI, MIKAMI ?
Qui est-ce ?
EUH…
ポッ…
Je pensais pourtant qu'il avait commencé
à s'inté-resser un peu à moi.
IL A BEAU ÊTRE UN DUR AU CŒUR TENDRE…
ÇA LE REND PLUTÔT ATTIRANT.
HMMM
!!!
QUELQU'UN FAIT LE MÉNAGE ?
En maintenance
DURING WORK
Ne pas entrer
Veuillez patienter
PLEASE WAIT FOR A WHILE

SILENCE
しーん
PERSONNE NE FAIT LE MÉNAGE, LÀ, NON ?
J'Y VAIS QUAND MÊME.
TAP
スタ
TAP
スタ
KLANG
HEIN ?
QU'EST-CE QUE C'EST ?
...
ÇA VIENT DES BOX, ON NETTOIE ?
BAM
AH !
BAM
AH.
AH...
BAM
HMMM...
JE SUIS DÉSOLÉ.
J'ÉTAIS TELLEMENT TRISTE.
TAP
TAP
BAM
TAP
AH
JE NE PEUX PAS DIVORCER.
BAM
MAIS JE FERAI EN SORTE DE POUVOIR TE VOIR...
PLUS SOUVENT.
TAP
AH...
AH...

BAM
AH.
♂×♂…?
BAM
C'EST UNE AVENTURE EXTRA-CONJUGALE, EN PLUS...
AH.
HMMM.
BAM
C'EST SI BON.
TU RÉAGIS TELLEMENT BIEN.
HMM.
JE VAIS JOUIR.
Qui est-ce donc ?
ÇA ARRIVE SOUVENT DANS LES ENTRE-PRISES.
AH !
BON, JE VAIS Y ALLER.
Ça craint !
コツ
TAP
TAP
コツ
HOP
ZIEUTE
JE N'AI PAS PU VOIR SON VISAGE.
UN AUTRE SORT.
TAP
コツ…

……
Quoi ?

M. Segawa...
Vous...
«C'est idiot.»
«Hein ?»
«Vous savez ce qu'est un coût irrécupérable ?»
Eh bien...
LE FAIT DE NE PAS VOULOIR GÂCHER DE L'ARGENT QU'ON A DÉJÀ DÉPENSÉ ?
PAR EXEMPLE, UN COLLECTIONNEUR QUI DÉPENSE DANS LES MACHINES À JOUETS POUR OBTENIR UN ITEM RARE.
OU ENCORE UN CLIENT QUI ENTRETIENT LA MÊME FILLE DANS UN BAR À HÔTESSES.
CES GENS VEULENT RÉCUPÉRER LE FRUIT DE LEURS DÉPENSES.
JE BOIS ÇA TOUS LES JOURS EN ESPÉRANT TOUCHER UNE RÉCOMPENSE
MAIS J'EN AI RAS LE BOL. JE VOUS LE DONNE.
FRRR
キャラメル ラテ
UNE RÉCOMPENSE ?
AH, JE VOIS. VOUS RÉCUPÉREREZ LES ÉTIQUETTES.
VOUS VOULEZ RECEVOIR CE PYJAMA ?
Je voudrais vous voir dedans.
CE N'EST PAS POUR MOI.

JE CONNAIS QUELQU'UN QUI LES RÉCUPÈRE.
C'EST SON FILS QUI LE VEUT.
IL RÉCOLTE DES COUPONS POUR LE FILS DE SON AMANT ?
BON, CE NE SONT QUE DES COUPONS, MAIS QUAND MÊME.
!!!
M. SEGAWA !
!!

BONJOUR.
JE NE VOUS VOIS PLUS À LA SALLE DES ARCHIVES, CES DERNIERS TEMPS.
ON M'A DIT DE NE PAS TROP M'ÉLOIGNER DU BUREAU.
J'ACCUEILLE PLUS DE CLIENTS ALORS JE QUITTE MOINS LE SERVICE.
VOUS VOUS ÊTES RÉCONCILIÉS, C'EST ÇA ?
Je me demande
EH BIEN..
JE NE SAIS PAS TROP.
quelle expression il affichait pendant le sexe.
Il poussait des cris si forts.
C'est un aspect de sa personne
qu'il refuse de me montrer.
AH OUI.

TENDEZ VOTRE MAIN.
?
JE VOUS LA DONNE.
HEIN ?
QUOI ?
C'EST UNE MONTRE TRÈS CHÈRE !
ELLE VOUS IRA MIEUX QU'À MOI.
VOUS N'AVIEZ PAS ARRÊTÉ DE FUMER, SEGAWA ?
CE JOUJOU EST À MOI
JE NE VOUS LA RENDRAI POUR RIEN AU MONDE
cigarette électronique
.....
ABE VOUS CHERCHE.
VOUS AURIEZ PU ME LE DIRE PLUS TÔT.
M. SEGAWA.
ATTENDEZ...

GRAB
ぎゅっ
?!
AH...
VLAN
PARDON.
C'EST RÉPUGNANT.

VOUS ÊTES CRUEL, M. SEGAWA.
VOUS NE VOUS SOUVENEZ PAS DU TOUT DE MOI.
VOUS AVEZ BIEN D'AUTRES CHOSES EN TÊTE.
VOUS AVEZ TOUJOURS L'AIR AUSSI TRISTE.
Les gens
veulent toujours désespérément ce qu'ils ne peuvent pas obtenir.
IL N'Y A RIEN
QUE JE SOUHAITE POSSÉDER À TOUT PRIX.
CONTRAIREMENT À VOUS, JE NE POURSUIS RIEN AVEC L'ÉNERGIE DU DÉSESPOIR.

VOUS AURIEZ DÛ TOMBER TOUT DE SUITE DANS MES FILETS.
!!!
Est-ce que je cours désespérément après lui ?
N'IMPORTE QUOI.
ON DIRAIT QU'IL COMMENCE À M'INFLUENCER NÉGATIVEMENT.

Je n'ai jamais ressenti
ZZZ すり
HMMM
un tel sentiment.

JE PRENDS AUSSI L'ASCENSEUR !!!
OUF.
FROU
M. SEGAWA.
!!!
BONJOUR.
AH !
ビクッ
factor 3
VOUS VOUS RENDEZ EN SALLE DE RÉUNION ?
.....
C'EST MOI QUI VAIS ANIMER LA RÉUNION D'AU-JOURD'HUI.

VOUS ÊTES TOUJOURS AUSSI GÊNÉ, HEIN ?
Je me sens bizarre, récemment.
SA VOIX EST SI PROCHE DE MON OREILLE.
Mon cœur bat la chamade dès que je le vois, depuis cette fameuse nuit.
C'est exactement
ce qu'il voulait.
SENO, VOUS ALLEZ DANS LA SALLE VOISINE ?
FAISONS LE CHEMIN ENSEMBLE.
MIKAMI, VOUS ÊTES DE TRÈS BONNE HUMEUR, EN CE MOMENT.
HA HA

C'EST UNE IMPRESSION ?
Son attitude est l'antithèse de la mienne.
On dirait que Mikami est plus froid envers moi, ces derniers temps.
Tu me tournais pourtant en permanence autour.
M. Segawa.
Je me fais peut-être simplement des idées.
BAH C'EST DE BONNE GUERRE, JE N'ÉTAIS PAS FRANCHE-MENT AMICAL, AVANT.

MIKAMI !
TAP
たた
TAP
BYE, BYE.
!!!
VOUS POURREZ VENIR AU RENDEZ-VOUS À PLUSIEURS DE CE SOIR ?
COURAGE POUR LA SÉDUIRE.
AYUMI, UNE FILLE QUI VOUS A TAPÉ DANS L'ŒIL, SERA LÀ CE SOIR.
VOUS NOUS LAISSEZ LES AUTRES FILLES.
HA HA HA
.....

VOUS VOULEZ VENIR AUSSI ?
...
SI VOUS VENEZ, LES FILLES SERONT RAVIES.
BIEN SÛR QUE NON.
CE N'EST...
MOI, JE NE M'AMUSERAI PAS.
VOUS ÊTES FÂCHÉ ?
C'EST UNE SIMPLE SOIRÉE, VOUS SAVEZ.
JE NE PENSE QU'À VOUS.

BAM
GRRR...
COMME SI J'ALLAIS LE CROIRE.
UNE SIMPLE SOIRÉE ?
IL AVAIT ENVIE D'Y ALLER, C'EST SÛR.
TOUT VA BIEN ?
TU N'ÉTAIS PAS VENU DEPUIS LONGTEMPS. TU N'ÉTAIS PAS CENSÉ AVOIR ROMPU ?
OH OUI, C'EST BEL ET BIEN FINI !
S'il m'aime, pourquoi met-il ma confiance à l'épreuve ?
En ce moment-même, il doit bien s'amuser avec des filles.
POURQUOI ?
Pourquoi s'être autant démené pour me séduire, hein ?

EN FIN DE COMPTE, CE N'EST QU'UN JEU POUR LUI.
Un jeu qui consiste à attraper sa proie.
Il peut dire tout ce qu'il veut.
Qu'il m'aime
à la folie.
JE LE SAVAIS, POURTANT.
Il n'était pas sérieux, en fait.
JE RENTRE.
TU PEUX MARCHER ?
OUI, ÇA VA.
Je me sens tellement nul.

Mais, ce sentiment aide à grandir.
Je dois commencer à grandir, moi aussi.
C'EST VRAI QUE CE RENDEZ-VOUS AVAIT LIEU À SHINJUKU AUSSI.
C'EST PEUT-ÊTRE BIENTÔT FINI.
!!!
HOTEL

Mikami !
QUE FONT-ILS SEULS ICI ?
LES AUTRES SONT PARTIS DEVANT ?
J'étais sûr qu'il préférait les femmes.
C'est normal, il est hétéro, à la base.
Il a juste voulu goûter à l'homo-sexualité.
Bien sûr qu'il ne peut pas m'aimer.

Je le savais, pourtant.
Je le savais pourtant très bien.
VACILLE
よろ…
Je ne peux pas l'accepter !
HÉ !
TAP

VLAN
TU N'ES QU'UN SALAUD !
MENTEUR !
COUREUR DE JUPONS !!!
POURQUOI M'AS-TU SERVI TOUT TON CINÉMA ?
HÉ, HÉ...
HÉ, HÉ, HÉ.

J'ÉTAIS SÛR QUE VOUS ÉTIEZ DANS LE BAR OÙ VOUS ALLEZ TOUJOURS.
QUOI ?
PARDON, AYUMI, JE DOIS M'ENTRETENIR D'UN SUJET IMPORTANT AVEC M. SEGAWA.
QUOI ?
JE VAIS T'APPELER UN TAXI.
TU SEMBLES AVOIR UN PEU TROP BU. TU DEVRAIS RENTRER CHEZ TOI.
TU VOULAIS COUCHER AVEC MOI, POURTANT.
JE TE PAYE LE TAXI.
PAS BESOIN !
PAF
GRRR
EH BIEN...
JE ME DEMANDAIS
SI VOUS ALLIEZ PASSER DANS LE COIN.

ELLE ÉTAIT PLUTÔT COLLANTE.
JE NE SAVAIS PAS TROP COMMENT M'EN DÉFAIRE. MERCI DU COUP DE MAIN.
JE NE VOUS SAVAIS PAS SI IMPULSIF.
HA...
QU'EST-CE QUE TU VEUX À LA FIN ?
!!!

AH
QUI T'A DONNÉ CETTE MONTRE ?
J'EN ÉTAIS SÛR.
J'ESPÉRAIS POURTANT QUE VOUS VOUS SOUVIENDRIEZ DE MOI.
MAIS VOUS M'AVIEZ COMPLÈTEMENT OUBLIÉ.
MAIS TU ÉTAIS CENSÉ ÊTRE EMPLOYÉ DANS L'ENTREPRISE.
J'ÉTAIS UN ÉTUDIANT EN STAGE.
PARDON D'AVOIR MENTI.
«Je suis dans la section N°8.»

MAIS VOUS VOUS ÊTES SOUVENU DE MOI EN VOYANT LA MONTRE.
JE NE LA METS PAS, D'HABITUDE, PARCE QUE JE NE L'AIME PAS.
JE NE LA METS QUE POUR LES RENDEZ-VOUS À PLUSIEURS.
ON DIRAIT QUE LES FILLES L'APPRÉCIENT.
.....
J'ÉTAIS TRÈS PRÉOCCUPÉ, À CETTE ÉPOQUE.
C'EST POURQUOI JE T'AI OUBLIÉ.
MAIS TOI...
TU NE M'AS PAS OUBLIÉ.
JE...
.....

VOUS M'AIMEZ ?
......
!!!
ちら
FIXE
ちら
PAR ICI.
ATT...
GRAB

MIKAMI...
TCHAC
CLAC
ATT...
ATTENDS.
HMMM.
HM MM.
HM MM.
HM MM.
HMMM.

HMMM.
HAA
!!!
グイッ
GRAB
HMMM.
HM MM.
ビクッ
AH
AH
ビク
HUMPF.
CLAC
ガタ
VOUS ÊTES VENU M'ARRÊTER.
HAA
ET VOUS VOUS ÊTES INTERPOSÉ.
FROT
!!!
MI...
MIKAMI...
VOUS ÊTES TOUT EXCITÉ.

PRESSE
AH.
PRESSE
TCHAC
AT...
AH
ATTENDS.
AH.
AH.
TU AIMES RECEVOIR DU PLAISIR, HEIN ?
FROT
FROT
IL N'Y A QUE DANS CES MOMENTS-LÀ OÙ TU TE LAISSES FAIRE.
AH.
HAA...
SINON, TU MAINTIENS SUR TOI UN CONTRÔLE DE FER.
C'EST PARCE QUE TU N'AS JAMAIS REÇU D'AFFECTION QU'AU LIT ?
HAN.

ASSIEDS-TOI.
VLAN
!!!
¿ MAIS...
PRESSE
TU VEUX...
QUE JE TE PÉNÈTRE ?

...
JE T'AI PROMIS QUE
JE NE TE PÉNÉTRERAI PAS AVEC MON SEXE.
CETTE PROMESSE...
AU FAIT, J'AI ACHETÉ UN PETIT ACCESSOIRE INTÉRESSANT.
J'ESPÈRE VRAIMENT QU'IL TE PLAIRA.
AAH.
ビクッ
HAN
AH.
ビクッ
HAN

AH.
ビクッ HAN
ビクッ HAN
HAA
HAA
BZZZ
LIBÈRE MES MAINS.
C'EST QUE TU GIGOTES BIEN.
BZZZ
AH.
TU ES AMOUREUX DE MOI.
JE ME TROMPE ?
HEIN ?
TU T'ES SENTI DÉLAISSÉ
PARCE QUE JE ME SUIS ÉLOIGNÉ DE TOI.
HAA.

TU COMMENÇAIS À T'ATTACHER À MOI.
HAA
HAA...
HAA...
HAA
QUAND CERTAINS HOMMES VOIENT S'ÉLOIGNER QUELQUE CHOSE QU'ILS PENSAIENT ÊTRE À EUX,
ILS SE METTENT À LA POURCHASSER.
ET C'EST DANS TON CARACTÈRE.
SMACK
HAA...
ET TOI, ALORS ?

EN FIN DE COMPTE,
TU N'ÉTAIS MÊME PAS AMOUREUX DE MOI.
TU N'EN AS AUCUNE IDÉE, EN FAIT.
PUISQUE C'ÉTAIT UN JEU POUR TOI.
!!!
TU SAIS COMMENT JOUER LES AMOUREUX.
HAA...
HAA...
MAIS TU N'AS AUCUNE IDÉE DE CE QUE C'EST QUE D'AIMER SINCÈREMENT QUELQU'UN.
EST-CE QUE TU ES DÉJÀ VRAIMENT TOMBÉ AMOUREUX, HEIN ?
ET C'EST TOI...
QUI ME DIS ÇA !
SWISH

TOI, QUI DANS L'ESPOIR D'ÊTRE AIMÉ, FAISAIS SEMBLANT D'AIMER.
HAN
HAN
URG
TU CHERCHES SIMPLEMENT L'APPROBATION D'AUTRUI, C'EST POURQUOI TU T'ACCROCHES AUTANT.
C'EST POURQUOI TU ES FRUSTRÉ.
RIEN NE PEUT TE CONTENTER.
Il a raison.
C'était le cas avec M. Abe.
Mais à présent, c'est différent.
NON.

JE ME SENS BIEN QUAND TU ES AVEC MOI !
TU VENAIS SANS ARRÊT M'IM-PORTUNER.
POUR ME SALUER NON-CHALAMMENT AVEC TON AIR BÉAT.
JE TE TROUVAIS HORRIPILANT.
MAIS JE PENSE...
HA...
QUE ÇA ME FAISAIT PLAISIR, AUSSI.
TU M'AS SAUVÉ.
TU ES DIFFÉRENT D'ABE.
HAN
HA..
AAH !
HAN

HAN
HAN
-HAA-
JE VAIS JOUIR...
HAA
MIKAMI.
HAN
BZZZ
NON.
ENLÈVE-MOI ÇA.
HAN
BZZZ
HAN
HAA.
MIKAMI...
C'EST TOI QUE JE VEUX.
HAA

ドクン
BABOUM
HAA.
HAN
ズル…
SPLOTCH
カチャ
TCHAC
カチャ
TCHAC
!!!
くっ
CRIC
AH.
ZOUIP
MIKAMI...

HAA...
SWISH
AH.
PARDON, JE ME SUIS LAISSÉ EMPORTER.
SWISH
VIENS...
GRAP
HAA...
AU FOND.
BOUGE.
SWISH
AAH !
SPLATCH

D'ACCORD.
SWISH
ズッ
AH.
HMMM.
HAA
HAA
AH.
SWISH
ズッ
AH.
FRRT
しゅる…
ACCROCHE-TOI À MOI.
GRAB
?!

SERRE
SWISH
HAA.
HMMM.
TAP
TAP
HAN
HAN
HMMM.
BADAM
HA.
CRIC

SWISH
ズズッ
ビクッ
SPLATCH
SPLATCH
SPLATCH
SWISH
ズッ
AH..
SWISH
ズッ
HAA.
HAA.
JE VAIS JOUIR.
HAA...
ZOUIP
ズッ
HAA
HM MM
SPLATCH
SPLATCH

HAA
HAA
FROU
AH...
C'EST LE SPERME DE MIKAMI.
GRAB
HMMM.
SERRE
HAN.
HAN.

HAAA.
ゆさ
FROT
AH.
C'EST TELLEMENT BON.
HA.
!!!
JOUIS EN MOI..
JE VEUX
HAA
QUE TU JOUISSES EN MOI.
SEGAWA.

HAA
CRIC
HAN.
CRIC
AH.
ZZZ

CLAC
パタン…
TIENS ?
M. SEGAWA NE VIENT PAS ?
NON. IL AVAIT UNE AUTRE AFFAIRE À RÉGLER.
TOUT VA BIEN, JE PEUX FAIRE LE RAPPORT À SA PLACE.
TRÈS BIEN.
ALORS, AUJOURD'HUI...

Bonjour, tu comptes venir travailler à quelle heure ?
On va pouvoir se voir un peu ?

TE VOILÀ ENFIN !
C'EST CRUEL DE NE PAS RÉPONDRE À MES MESSAGES.
COURT
GRAB
N'ESSAYE MÊME PAS DE FILER.
.....
TU AS UN PEU DE TEMPS À ME CONSACRER, NON ?

JE T'EN FAIS CADEAU.
JE T'OFFRE UNE MONTRE, VU QUE TU M'EN AS OFFERT UNE.
C'EST TON ANNIVERSAIRE, AUJOURD'HUI, NON ?
JE PARIE QUE TU AVAIS OUBLIÉ.
EUH, VRAIMENT ?
.....
NON, C'EST LA SEMAINE PROCHAINE.
C'EST POUR M'EXCUSER DE MON PETIT TOUR DE L'AUTRE FOIS.

ELLE A L'AIR HORS DE PRIX.
IL Y A UN MODÈLE DE MONTRE DONT L'ÉLABORATION A MIS 5 ANS ET DONT IL N'Y A QUE 100 EXEMPLAIRES DANS LE MONDE.
BIIII
ELLE POSSÈDE UN MÉCANISME ULTRA-SENSIBLE DE CALENDRIER PERPÉTUEL. LA PRODUIRE EN MASSE AURAIT ÉTÉ UN VÉRITABLE GÂCHIS.
BLA
ARRÊTE AVEC TES EXPLICATIONS COMPLIQUÉES.
ON DIT QUE CETTE MONTRE-LÀ A ÉTÉ FABRIQUÉE SUR LE MODÈLE DE CELLE DONT JE VIENS DE TE PARLER.
ELLE VAUT DIX FOIS MOINS CHER, MAIS ELLE EST DE BONNE QUALITÉ.
JE L'AI CHOISIE PARCE QUE JE ME SUIS DIT QU'ELLE T'IRAIT BIEN.
CETTE MONTRE...
JE NE L'AI PLUS PORTÉE QUAND TU M'AS OFFERT CELLE-CI.

TU AS OFFERT CETTE MONTRE DE PRIX À QUELQU'UN DONT TU TE FICHAIS ÉPERDUMENT.
M. ABE N'ÉTAIT PAS SINCÈRE.
MAIS TOI NON PLUS.
SI TU VEUX QU'ON SOIT SINCÈRE AVEC TOI,
IL FAUT COMMENCER PAR L'ÊTRE TOI-MÊME.
.....
JE N'AI JAMAIS RÉUSSI À VRAIMENT M'ATTACHER À QUI QUE CE SOIT.
TU AVAIS PARFAITEMENT RAISON.
JE ME DÉSINTÉRESSAIS DE MES PROIES DÈS QU'ELLES ME TOMBAIENT DANS LES BRAS.
!

ALORS À CE MOMENT-LÀ, J'AI EU PEUR DE ME DÉSIN-TÉRESSER DE TOI.
COMME DE TOUTES LES AUTRES, AU MOMENT OÙ JE T'AURAIS FINALEMENT EU.
MAIS JE SUIS MALHEUREUX QUAND TU N'ES PAS LÀ.
JE VEUX QUE TU RESTES AUPRÈS DE MOI.
SERRE
ぎゅっ

JE VEUX QUE NOUS RESTIONS ENSEMBLE POUR TOUJOURS.
JAMAIS JE NE TE FERAI SOUFFRIR. JAMAIS.
JE PRENDRAI SOIN DE TOI.
SEGAWA.

Est-ce que
je peux vraiment lui faire confiance ?
Est-ce que je ne vais pas reproduire
le même schéma qu'avant ?
FROT
SEGAWA.

FAIS-MOI CONFIANCE.
.....
SES MAINS
SONT SI CHAUDES.
C'est vrai
que je n'ai jamais
fait confiance à M. Abe.
Je dois être honnête envers lui.
Car sinon, il ne le sera pas non plus.

SERRE
Je dois lui faire confiance.
Ou je vivrai la même mauvaise expérience.
MOI AUSSI...
SEGAWA...
TU ES SI GENTIL.
FROT
GRAB

PAR CONTRE, JE NE VEUX PAS DE CETTE MONTRE.
TAP
QUOI ?
CLING
POURQUOI ÇA ?
ELLE NE TE PLAÎT PAS ?
VEXÉ ?
HEIN ?
DONNE-LA-MOI UN AUTRE JOUR.

TU VAS ME L'OFFRIR LE JOUR DE MON ANNIVERSAIRE.
SI JE T'OFFRE UNE VIE TROP RANGÉE,
TU VAS VITE TE LASSER ET ME QUITTER.
SI TU FAIS DES HEURES SUPPLÉMEN-TAIRES, JE NE T'ATTENDRAI PAS.
C'EST TOUJOURS MOI QUI RENTRE AVANT TOI.
BON COURAGE, SEGAWA.
End

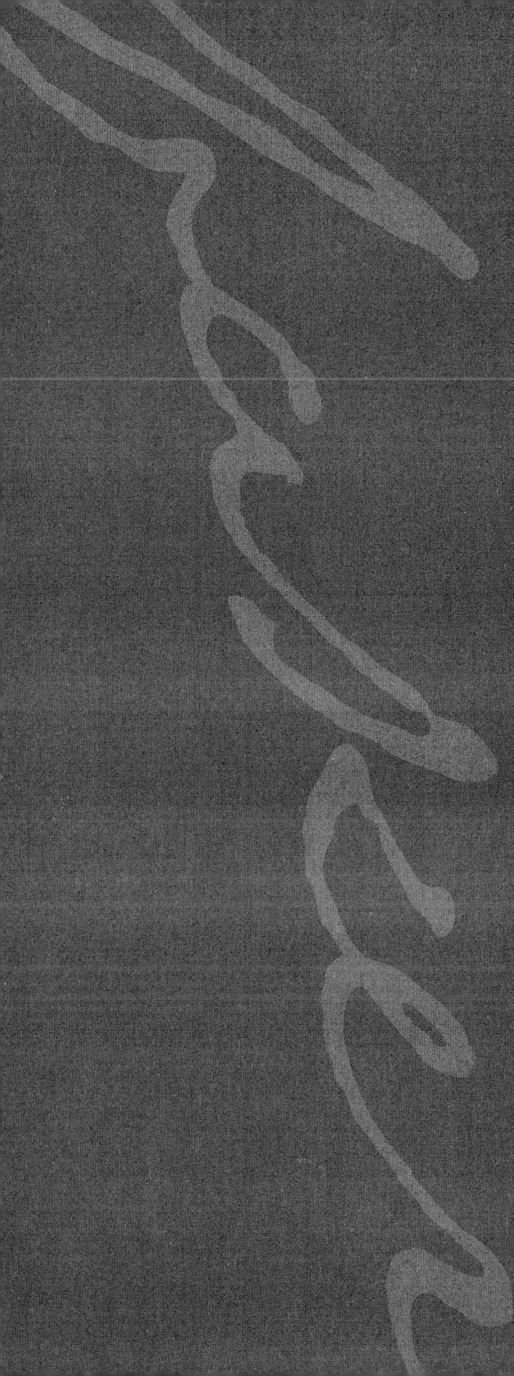

ON VA BIENTÔT TOURNER LA PUB.
after
TOUT S'EST BIEN PASSÉ, CETTE FOIS.
HEUREUSEMENT QUE LES RUSHS ONT ÉTÉ CONCLUANTS.
AH.
SI ON ALLAIT BOIRE UN VERRE AVANT DE RENTRER ?
DANS LE BAR OÙ TU VAS TOUT LE TEMPS.
IL EST TOUT PRÈS.
!?

J'AIMERAIS Y...
PAS QUESTION.
MAIS POURQUOI ?!
LES HOMMES INSOUCIANTS COMME TOI N'ONT RIEN À Y FAIRE.
LES INSOUCIANTS SONT INTERDITS, LÀ-BAS ?
NON, CE N'EST PAS ÇA.
Parce que quand j'y vais, je suis toujours déprimé.
ET J'AI PU DIRE DES CHOSES GÊNANTES AU PATRON.
TU AS EU UNE AVENTURE AVEC LE PATRON ?
HEIN ?
OU BIEN, UN DE SES CLIENTS RÉGULIERS T'A TAPÉ DANS L'ŒIL ?
MAIS NON...
MAIS C'EST MIKAMI !

きゃーっ
HIIII
ÇA FAISAIT TELLEMENT LONGTEMPS ! ♥
ON NE VOUS A PAS VU DEPUIS UN AN !
VOUS VENIEZ RÉGULIÈREMENT ET PUIS VOUS AVEZ CESSÉ DE NOUS RENDRE VISITE, D'UN COUP.
HIIII
きゃっ
HIIII
きゃっ
EUH...
VOUS NE VOUS INTÉRESSEZ PLUS À NOUS ?
EUH...
C'EST QUOI, ÇA ?
!!!

C'ÉTAIENT DES TRANS-SEXUELS, NON ?
J'en ai déjà vu.
ON DIRAIT QUE LES FEMMES
NE TE SUFFISAIENT PAS.
Tu es un adepte des nouvelles expériences en tout genre.
HAA
JE NE SUIS PAS UN COUREUR, CONTRAIREMENT À TOI.
TU ES EN COLÈRE ?
NON, PAS DU TOUT.
PFFF
JE COMPRENDS MIEUX.
JE TE TROUVAIS BIEN HABILE.
ET J'ÉTAIS SURPRIS DE VOIR QUE TU N'AVAIS AUCUNE RÉTICENCE À COUCHER AVEC UN HOMME.
AH.

HEIN ?
JE SUIS HABILE ?
ET ZUT !
JE TROUVAIS QUE TU AVAIS UNE CERTAINE EXPÉRIENCE.
NYARK
EH BIEN, C'EST À DIRE...
JE N'AVAIS JAMAIS COUCHÉ AVEC UN HOMME.
PAF
ARRÊTE DE SOURIRE BÊTEMENT !!!
MAIS EUH...

JE NE VOULAIS PAS COMMETTRE D'IMPAIR.
SWISH
EH !
AH
NE ME PÉNÈTRE PAS SANS PRÉVENIR !
TU ES ENCORE TRÈS ACCUEILLANT.
CRIC
JE NE VOULAIS PAS TE BLESSER.
AH
TAP
HAN !
TAP
HAN !
AH
AH
AAAH !
TAP

AH
HAAAA !
AH
SMACK
SMACK
C'EST BON ?
TU M'AS PÉNÉTRÉ SANS PRÉLIMINAIRES !
FROT
FROT
C'EST BON, HEIN ?
HAA
HAA...
SWISH
HAA
HAA
AH !
HAA
SWISH
CAP
CAP
HAN
AAH !
C'EST BON, HEIN ?
SWISH
SPLOTCH
SPLOTCH
SWISH
SWISH
SPLASH
SPLASH
JE...
JE VAIS JOUIR.
HAN
HAN
HA
HA
DÉJÀ ?

SERRE
JE SUIS HEUREUX QUE TU RESSENTES DU PLAISIR.
SLURP
EST-CE QUE C'EST GRÂCE À MES EFFORTS ?
HMMM
AH
SWISH
HMMM...
HAA
PFF.
SWISH
MAIS TU PEUX...
TE MONTRER MOINS HABILE AUSSI.
!!!
TU PASSES TON TEMPS À TE LA JOUER.
ET MOI, JE ME COUVRE TOUJOURS DE HONTE !
GRRR
MONTRE TES POINTS FAIBLES, AUSSI !

.....
JE N'IRAI PLUS VOIR D'AUTRES HOMMES.
IDIOT...
CE N'EST PAS ÇA...
HAA
HAA
FLAC
SWISH
NE PLEURE PAS.
FLAC
SWISH
CE N'EST PAS ÇA !
FLAC
AH !
FLAC
FROT
AAAHH !
HAN
HAA
HAN
HAA...
SPLATCH
SPLATCH
SPLATCH
JE NE SUIS PAS LE SEUL
À ME LA JOUER, JE PENSE.
On n'ira pas dans ce bar, point !
End

Faker

HANA

www.boys-loves.fr

Traduit du Japonais par Angélique Mariet
Maquette : Justine Mouron
Assistante Edition : Maeva Paino
Responsable Editorial & Production : Tony Mr P

Dépot légal : Avril 2022

ISBN 978-2-38276-287-5
ISSN 2743-4435

Imprimé par GZ Digital Media as